LE NOVVEAV FESTIN DE PIERRE,

OV L'ATHE'E FOVDROYE'.

TRAGI-COMEDIE.

Du Sieur ROSIMOND, *Comedien du Roy.*

Representé sur le Theatre Royal du Marais.

A PARIS,

Chez PIERRE BIENFAIT, Libraire
Iuré, dans la Cour du Palais, à l'Image
S. Pierre, proche l'Hostel de
M. le Premier President.

M. DC. LXX.
AVEC PRIVILEGE DV ROY.

A MONSIEVR

MONSIEVR ***.

ONSIEVR,

Cét Ouurage me fait rougir,
& il a si peu de rapport auec
voftre Merite, que ie vous l'of-

EPISTRE.

fre auec crainte ; *Mais l'ardeur
de vous témoigner mes respects,
l'emporte sur tout ce qui pourroit m'en détourner ; & sans
examiner, si ce n'est point faire
injure au plus Parfait des hommes, de mettre sous sa protection
le plus méchant de toute la Terre, ie croy ma faute pardonna-
ble par la necessité de mon deuoir. Vous auez, MONSIEVR,
trop de lumiere, pour ignorer qu'il
n'est point d'hommages assez di-
gnes des Personnes Illustres comme Vous, & que la distance
est trop grande entre celles qui
les reçoiuent, & celles qui les
rendent, pour leur pouuoir donner
vne juste proportion; C'est aussi sur*

EPISTRE.

ce fondement , *et* sur cette ge-
nereuse Bonté qu'on admire en
Vous , que ma Muse ose esperer pour son coup d'essay, l'honneur de vostre appuy : Il luy en
faut vn considerable , comme le
voftre , pour la mettre à l'abry
des traits de la Censure ; *et* cér
auantage estant l'vnique but de
ses souhaits , pour peu qu'elle ait
la gloire de vous plaire , elle
pourra prendre vn vol plus glo-
rieux , *et* vous donnant de nou-
uelles marques de sa reconnoissan-
ce , joindre ses Eloges à ceux que
la Renommée publie si legitimé-
ment en voftre faueur. Tant de
rares Vertus que vous possedez
au supréme degré seront le soin

de ses veilles, & tous mes ef-
forts se borneront à meriter l'hon-
neur de me dire auec respect,

MONSIEVR,

Vostre tres-humble & tres-
obeïssant Seruiteur,
ROSIMOND,

AV LECTEVR.

CE n'est pas d'aujourd'huy qu'on t'a presenté ce sujet. Les Comediens Italiens l'ont apporté en France, & il a fait tant de bruit chez eux, que toutes les Troupes en ont voulu regaler le public. Monsieur de Villiers l'a traitté pour l'Hostel de Bourgogne, & Monsieur de Moliere l'a fait voir depuis peu auec des Beautez toutes particulieres. Apres vne touche si considerable tu t'estonneras que ie me sois exposé à y mettre la main, mais aprens que ie me connois trop pour m'estre flatté d'en faire quelque chose d'excellent ; & que la Troupe dont i'ay l'honneur d'estre,

eſtant la ſeule qui ne l'a point re-
preſenté à Paris, i'ay crû qu'y ioignant ces superbes ornemens de
Theatre qu'on voit d'ordinaire chez
Nous, elle pourroit profiter du
bon-heur qu'vn ſujet ſi fameux a
touſiours eu. Tu t'eſtonneras en-
core des faures qui ſont dans cét
Ouurage, mais excuſe vne premiere piece, & ſçache qu'il eſt im-
poſſible de mettre celle-cy dans les
Regles, que meſme i'ay donné deux
amis débauchez à Dom Iuan pour
remplir dauantage la Scene, que
mon deſſein n'a eſté que de te diuertir, & que pour ta ſatisfaction ie
taſcheray d'en faire vne autre qui
reparera tous ſes deffaux. Fais moy
la grace cependant de ne point
confondre ce Feſtin de Pierre, auec
vn que tu as pû ou pourras voir
ſous le nom de Monſieur Dori-
mond; Nos deux noms ont aſſez de

rapport pour t'empescher de lire
celuy-cy, croyant que c'eſt le meſme; & quoy que le ſien ſoit infini-
ment meilleur, ne me refuſes pas
vn quart d'heure de ton temps.
Adieu.

Reliure serrée

collationnées , foy fera adjouftée comme à l'Original , Signée, Par le Roy,
DALENCE. Et fcellées du Grand Sceau
de cire jaune.

Ledit fieur de Rofimond a cedé &
tranfporté fon droit de Priuilege à Pierre
Bienfait, à René Guignard, & à François
Clouzier fils , Marchands Libraires à
Paris, pour en ioüyr fuiuant l'accord fait
entre-eux.

*Regiftré fur le Liure de la Communauté
des Marchands Libraires & Imprimeurs de
Paris, fuiuant l'Arreft de la Cour de Parle-
ment du 8. Auril 1653. Fait le 28. Mars
1670. Signé , SOVBRON Syndic.*

Acheué d'imprimer pour la premiere
fois le 15. Auril 1670.

ACTEVRS.

DOM IVAN.

CARRILLE, Valet de Dom Iuan.

DOM IVAN, { Débauchez, amis de
DOM FELIX, { D. Iuan.

LEONORE, Damoiselle de Seville.

ORMIN, Hoste d'vn Bourg.

PAQVETTE, Fille d'Ormin.

THOMASSE, Fille d'Ormin.

LE PREVOST.

ARCHERS.

L'OMBRE, de Dom Pierre.

THOMAS,   Païsant.

ROLLIN;   Païsant.

AMARILLE, Fille de Thomas.

DEVX VOIX.

*La Scene est à Seville & dans quel-
ques lieux proches de la Ville.*

LE

LE FESTIN DE PIERRE,
OV L'ATHE'E FOVDROYE',
TRAGI-COMEDIE.

ACTE I.

SCENE PREMIERE.

CARRILLE, LEONOR.

CARRILLE.

Vr, l'affaire est concluё, & moy-
meſme i'enrage
Qu'il me veut malgré moy forcer à
ce voyage.

LEONOR.

Quoy, Dom Iuan ainſi me manqueroit de foy?

A

CARRILLE.

Oüy.

LEONOR.

Mais quoy, ses sermens l'attachēt tout à moy?

CARRILLE.

Ses sermens ! si c'est là que vostre espoir s'arreste,
Madame, vostre Hymen n'est pas chose encor
   preste,
Il en prodigue assez, mais il n'en tient iamais.

LEONOR.

Tu le dis, mais...

CARRILLE.

      Ie sçais vn peu trop de ses faits.
Vous n'estes pas la seule à qui mesme auanture
A mis honneur & biens en mauuaise posture,
Il prend de tous costez ce qu'il peut attrapper,
Et sans scruoule aucun fait gloire de tromper :
Tout pour son appetit est d'vn égal visage,
Il met impunément belle ou laide au pillage,
Et sou de leur honneur, il cherche en d'autres
   lieux
S'il pourra rencontrer qui le coutente mieux.
En peu de mots voila son Portrait veritable,
Iugez dequoy mon Maistre enuers vous est ca-
   pable.

LEONOR.

Qui l'eust pû croire ? helas !

CARRILLE.

          Il falloit s'en douter.
Peste, que vostre sexe est facile à tenter !
Il ne faut pas toushours croire les apparences,
Et l'on doit meurement preuoir les conse quen-
   ces,
C'est trop facilement se laisser enflammer,

LEONOR.

Helas ! que tu sçais peu ce que c'est que d'aymer,
A voir mille transports d'vne flamme assiduë,
Quelle fierté, dis-moy, ne se seroit renduë ?
Il est bien mal-aisé dans ces empressemens
Qu'vn cœur n'ait tost ou tard de tédres sentimés,
Et l'Amour qu'on nous montre en paroissant ex-
    tréme,
Fait que sans raisonner on y respond de mesme :
Quelque doute qu'on ait de sa sincerité,
L'Amour malgré la crainte est toussiours écouté,
Et comme les soupçons semblent luy faire injure,
On se flatte aisément d'vne ardeur toute pure.

CARRILLE.

Et c'est ce qui vous perd ; en matiere d'Amour
Il faut que la raison vous gouuerne à son tour ;
Tant d'infidelitez dans le siecle où nous sommes,
Ne declarent que trop quelle est l'humeur des
    hommes,
Car pour vn qui dit vray, mille autres plus trom-
    peurs
Volent impunément les dernieres faueurs :
Pour peu que vostre sexe écoute leurs promesses,
Ils sçauent profiter de toutes vos foiblesses,
Et faisant grand fracas de leur fidelité,
Surprennent aisément vostre credulité.
Et puis qu'il faut icy vous faire tout connaistre,
Pour ne vous rien celer de l'humeur de mon Mai-
    stre,
C'est qu'il est mille fois plus perfide qu'eux tous.

LEONOR.

L'ingrat me promettoit qu'il seroit mon Epoux,

CARRILLE.

Mon Maistre épouseroit ma foy toute la terre.

LEONOR.

Mais quoy, ne craint-il pas les éclats du tonnerre ?
Et qu'il ne soit puny de son manque de foy ?

CARRILLE.

Vous le connoiffez mal, il n'a ny foy ny loy,
Madame, & n'admet point de Dieux que son ca-
     price,
Et sans cesse du Ciel il braue la Iustice.

LEONOR.

Tel qu'il soit, ie pretens aujourd'huy luy parler,
Son ardeur enuers moy pourra se réueiller,
L'Amour produit souuent des retours dans vne
     ame.

CARRILLE.

Vous ferez vn grãd coup s'il y consent, Madame.

LEONOR.

I'en veux estre affurée, & s'il me quitte enfin
Pour lauer cét affront, i'ay le remede en main,
Ma mort en éteindra la funeste memoire.

CARRILLE.

Tousiours sur cét article il ne faut pas s'en croire,
Quoy que l'honneur soit cher, viure est encor
     plus doux,
Et loin de vous pleurer, on se riroit de vous.
N'affectez point icy la vertu de Lucrece,
Ie sçay que ce malheur cause de la tristesse ;
Mais en pareil sujet on n'agit pas fort bien
Si l'on ne veut s'en taire, & n'en témoigner rien :
Mais puis que vous voulez en estre plus certaine,
Mettez-vous, s'il vous plaist, dans la chambre
     prochaine,
Mon Maistre doit venir dans vn moment icy,
Et ie vais luy parler de vous : mais le voicy.

SCENE II.

D. IVAN, CARRILLE.

D. IVAN.

AH Carrille, sçais-tu ce que ie viens de faire?

CARRILLE.

Quelque malheur nouueau?

D. IVAN.

Coquin.

CARRILLE,

C'est l'ordinaire.
Depuis que ie vous sers ie ne vois pas vn iour
Qui se passe, Monsieur, sans crime & sans amour.

D. IVAN.

Quels crimes ay-je fait?

CARRILLE.

Faire mourir son pere,
Ce n'est rien?

D. IVAN.

Son humeur estoit par trop seuere,
Carrille, & pour son bien i'ay deu m'en depescher,
Qui ne se fut lassé de l'entendre prescher,
Côtre mes mœurs sans cesse il armoit sa censure,
Sans cesse il me chantoit quelque nouuelle injure,
Et .... mais n'en parlons plus, sçache donc qu'au-
jourd'huy . . .

CARRILLE.

Et Dom Pierre, Monsieur, assassiné chez luy?
Ce Commandeur fameux qui gouuernoit Seville,

A iij

Et que pour ſes vertus on pleure dans ſa Ville,
N'eſt-ce donc rien, Monſieur ?

D. IVAN.

                            I'en demeure d'accord :
Mais de ſa main auſſi i'aurois receu la mort,
Les beaux yeux de ſa fille à mes yeux ſçeurent
            plaire,
Et pour en mieux ioüyr il falloit s'en deffaire,
L'obſtacle eſtoit trop grand pour en venir à bout,
Et pour l'objet aimé l'Amant hazarde tout.

CARRILLE.

Et de tous les coſtez des filles abuſées,
Dont les familles ſont par tout ſcandaliſées ?
Bon, ce ſont des chanſons, quels crimes a-t'il fait ?
Monſieur, au grand galop vous courez au gibet,
Et . . .

D. IVAN.

            Quoy ! touſiours parler & ſans vouloir
        m'entendre ?
Sans craindre mon couroux oſes-tu me reprédre ?
Hé ! que t'importe-t'il ſi ie fais bien ou mal,
L'vn ou l'autre pour toy n'eſt-il pas égal ?
Laiſſé-moy ſuiure en tout cette ardeur qui m'a-
        nime,
I'obeys à mes ſens, il eſt vray, mais quel crime ?
La nature m'en fait vne neceſſité,
Et noſtre corps n'agit que par ſa volonté.
C'eſt par les appetits qu'inſpirent ſes caprices,
Qu'on court differemment aux vertus comme
        aux vices.
Pour moy qui de l'Amour fais mes plus chers
        plaiſirs,
I'oſe tout ce qui peut contenter mes deſirs,
I'en examine point ſi i'ay droit de le faire,

Tout est iuste pour moy quand l'objet me peut
	plaire,
Et ne prenant des loix que de ma passion,
I'attache tous mes soins à la possession.
		CARRILLE.
Et sur le fondement de ces noires maximes,
Vous n'auez poitt d'horreur de commettre des
	crimes ?
		D. IVAN
Apprens qu'il n'en est point pour vn cœur gene-
	reux,
La lacheté de l'homme en fait le nom affreux ;
Si tous les cœurs estoiét & gráds & magnanimes,
Ces crimes qu'on nous point ne seroient pas des
	crimes ;
Mais ce n'est qu'vn effet d'vn courage abattu,
Dont la timidité veut passer pour vertu :
Il n'est rien qu'vn grand cœur ne se doiue per-
	mettre,
Et le crime est vertu pour qui l'ose commettre.
Iuge donc....
		CARRILLE.
	Oüy, ie croy que tout vous est permis;
Mais quittons-nous l'vn l'autre, & soyons bons
	amis.
		D. IVAN.
Pourquoy ?
		CARRILLE.
	Pourquoy, Monsieur ? c'est que Dame Iustice
Me rendroit tost ou tard quelque mauuais office,
Sous pretexte qu'on dit tel maistre, tel valet,
Elle pourroit me faire vne passe au colet.
		D. IVAN.
Dois-tu craindre où ie suis ? & peut-on....
				A iiij

CARRILLE.

                        Tout peut estre,
Et souuent on punit le valet pour le maistre.

D. IVAN

Tu me suiuras par tout, ou la mort à l'instant
T'est seure.

CARRILLE.

            S'il vous plaist, ne vous pressez pas tant,
Ie veux viure

D. IVAN.

            Suffit, parlons de ma conqueste.

CARRILLE.

De qui? de Leonor?

D. IVAN.

                        Ne m'en romps plus la teste,
Faut-il dire cent fois que ie ne puis la voir?
I'ay ioüy d'vn objet qui passoit mon espoir,
D'Oriane en vn mot.

CARRILLE.

                    D'Oriane!

D. IVAN.

                                    Oüy Carrille.

CARRILLE.

Quoy! de ce rare objet l'honneur de sa famille?
Fille du Commandeur?

D. IVAN.

                        Elle-mesme.

CARRILLE.

                                    Et comment?

D. IVAN.

I'auois sçeu m'introduire en son appartement,
Et malgré ses efforts ma flamme est satisfaite,
Et dans le mesme instant que ie faisois retraite,
Dom Bernard son amant a pery par mes coups.

CARRILLE.
Apres tant de forfaits où vous sauuerez-vous ?

D. IVAN.
Tu sçais que ie deuois abandonner Seuille,
Qu'aux pays estrangers i'allois chercher azyle:
Mais auec mes amis ayant tout consulté,
I'ay trouué que sur Mer i'ay plus de seureté,
Dom Lope & Dom Felix en ont pris la conduitte,
Et cherchent vn vaisseau pour hastei nostre fuite;
Ainsi sans perdre temps allons nous preparer.

CARRILLE.
I'aperçoy Leonor.

D. IVAN.
Et qui l'a fait entrer ?

Suy moy.

SCENE III.

LEONOR, D. IVAM, CARRILLE.

LEONOR.

QVoy Dom Iuan éuite ma presence !
D'où vient ce changement ; est-ce vostre incon-
stance ?   [mer ?
Ne connoissez-vous plus ce qui vous sçeut char-
Et pour tout dire enfin cessez-vous de m'aimer ?
Apres tant de sermens…

D. IVAN.
Oüy, i'auoüray, Madame,

Que vos attraits ont eu du pouuoir fur mon ame.
Mais...

LENNOR.

Acheuez.

CARRILLE.

Ce Mais ne promet rien de bon.

D. IVAN.

Ie ne vous ayme plus.

LEONOR.

Et par quelle raifon?
Tu deuois m'époufer, ie n'ay ta foy pour gage
Ingrat...

D. IVAN.

N'en parlons pas, Madame, dauantage.
En vain vous faites fonds fur le don de mô cœur,
Le Bien dont on iouyt ne caufe plus d'ardeur,
Et la poffeffion, plus elle a fait d'enuie,
Du plaifir de iouyr eft bien toft affouuie.
I'ay prodigué des foins, i'ay fait mille ferment,
Mais iufqu'où ne va pas l'audace des Amans?
Dans l'efpoir d'vn bonheur leur tranfport au-
      thorife
Les fermens continus, les détours, la furprife,
La plainte, les dédains, les pleurs, & le couroux,
Bref, i'euffe encor plus fait pour auoir tout de
      vous:
Mais que ces grands refforts, qu'anime l'efperáce,
Faffent mouuoir mon ame apres la iouyffance,
Ne l'efperez iamais, ie veux me contenter,
Et tout autre que vous a droit de me tenter.

LEONOR,

Et tu peux fans remords violer ta promeffe?
Perfide, fouuiens-toy de toute ma tendreffe,
Songe que i'ay commis à ta mauuaife foy

Le tresor qu'vne fille a de plus cher en soy.
CARRILLE.
Pauure fille !
LEONOR.
Ah cruel ! remets dans ta memoire
Les efforts que i'ay faits pour conseruer ma
    gloire,
Que le crime sur moy n'a pris aucun pouuoir,
Que mes plaisirs ont eu pour regle mon deuoir ;
Et que si ma vertu succomba sous tes charmes,
Tout autre à tes sermés leur eust rédu les armes :
Mais las ! pour mon malheur, tu feignois de
    m'aimer,
Quand à voir tant de feux ie me laissay charmer,
Ta bouche me iuroit vne amitié sincere,
Quand ton perfide cœur pensoit tout le cõtraire ;
Tes yeux par leur douceur me montroient ton
    Amour,
Les miens par leur langueur t'en marquoient à
    leur tour ;
Et cependant, ingrat, apres tant de promesses,
Qui m'ont tant arraché d'innocentes caresses,
Apres mille sermens d'vne immuable foy,
Tu dédaignes ma flâme, & te mocques de moy ?
D. IVAN.
Sans vous tant affliger ayez recours au change,
C'est ainsi qu'aisément de l'vn l'autre on se vege.
CARRILLE.
Mais chacun cõme vous n'en veut pas tant taster,
Et Leonor, Monsieur, deuroit vous contenter ?
Elle a beaucoup d'esprit, elle est noble, elle est
    belle,
Et de moins dégoustez s'accõmoderoient d'elle.
Apres de si grands maux faites vn peu de bien.

D. IVAN.
Eh ! dois-je fuiure icy ton aduis ou le mien ?
LEONOR.
Dom Iuan , fi mes pleurs…
D. IVAN.
Encor vn coup , Madame,
Vous efperez en vain du pouuoir fur mon ame.
LEONOR.
Apres ta lafcheté le Ciel ny fon couroux,
Ne t'intimident point ?
D. IVAN.
Il fonge bien à nous,
LEONOR.
Va, fuis l'emportement de ton ame infidelle,
Les Dieux embrafferont cette iufte querelle,
Et…
D. IVAN.
Ne les reglez point fuiuant voftre intereft,
Laiffez-les , s'il en eft, agir comme il leur plaift,
Et fans les attacher à vos moindres caprices,
Remettez leur le foin de vous eftre propices,
LEONOR.
Ah ! crains leur chaftiment ?
D. IVAN *s'en allant.*
Vous m'en parlez en vain,
I'en attens les effets pour en eftre certain.
LEONOR
O vous ! qui prenez foin d'appuyer l'innocence,
Accordez à mes pleurs vne prompte vengeance.

SCENE

SCENE IV.

D. IVAN, CARRILLE.

CARRILLE.

ENfin m'en voila quitte.
CARRILLE.
Et fort impunément :
Belle commodité de fauffer fon ferment !
Vous vous en acquittez affez bien, mon cher
    Maiftre,
Et ne rougiffez point de paffer pour vn traiftre;
Mais tréve à ce difcours. Vos fideles amis
S'embarquent-ils auffi ?

*D. Iuan fait figne de l'œil que ce
    Difcours le choque.*

D. IVAN.
Tous deux me l'ont promis.
CARRILLE.
Ne vous voila pas mal, vous allez faire rage,
Trois débauchez en diable ! ah, le bel affemblage.
D. IVAN.
Dom Lope & Dom Felix.
CARRILLE.
Ma foy ne valent rien,
Et fans eux vous feriez vn fort homme de bien,
Vous n'auriez iamais eu tant d'habitude aux
    crimes,

B

Si vous n'auiez suiny leurs coupables maximes ;
Mais depuis qu'ils se sont attachez prés de vous,
Tousiours on vous a vû faire de meschans coups ;
Mais ie les voy venir.

SCENE V.

D. IVAN, CARRILLE, D. LOPE, D. FELIX.

D. IVAN.

HE' bien ?
D. LOPE.
L'affaire est faite,
Nous auôs vn vaisseau prest pour nostre retraitte,
D. IVAN.
Va querir nostre argent, Carrille, & nos habits.
Carrille sort.

D. LOPE.
Nous pouuons nous sauuer malgré nos ennemis ;
Mais en quelqu'autre endroit que nous prenions
azile,
Il nous faut gouuerner autrement qu'à Seville.
D. FELIX.
Ne nous contraignons point du tout dans nos
plaisirs,
Que chacun à son gré contente ses desirs,
Goûtons diuersement les plaisirs de la vie.
D. LOPE.
Ce n'est pas mon dessein de regler vostre enuie

Mais pourquoy ces transports ? pourquoy ces va-
     nitez ?
On peut dans l'apparence estre moins emportez,
Et donner à ses feus vne pleine carriere ;
Nostre cœur en secret en a la ioye entiere,
Et goûtant les plaisirs , on s'applaudit tout bas,
De ce qu'on est content, & qu'on ne le sçait pas.

D. FELIX.

N'importe, ie ne puis souffrir cette methode ;
Soit humeur , ou raison ie la trouue incommode :
Que seruét les plaisirs s'ils ne font quelque bruit ?
Le silence tousiours est ce qui les destruit ;
Comme de ces transports on aime à faire gloire,
Il faut les faire voir pour les mieux faire croire :
C'est les desauoüer que les cacher ainsi.

D. LOPE.

Mais regardons vn peu comme on en vse icy.

D IVAN.

Il est vray, Dom Felix, qu'en ce siecle où nous
     sommes,
Pour viure , il faut sçauoir l'art d'ébloüyr les
     hommes.
Et sur vn beau pretexte acquerir du credit,
Paraistre plus qu'on n'est, faire plus qu'on ne dit :
Conurir ses actions d'vne belle apparence,
Se masquer de vertu pour perdre l'innocence,
Estre bon dans les yeux, & méchant dans le cœur,
Professer l'infamie , & deffendre l'honneur,
D'vn faux tour de vertu donner lustre à sa vie,
Se montrer fort content quand on creue d'enuie;
Et si l'on aime enfin, parer tousiours ses feux
Du pretexte brillant d'vn sentiment pieux.
C'est ainsi qu'aujourd'huy se gouuerne le monde,
Et pour n'en point mentir l'adresse est sans secóde,

Ie ne condamne point cette façon d'agir,
Et ie m'en trouue bien,quand ie veux m'en seruir.

D. LOPE.

Aussi risque-t'on moins , suiuant cette maniere
On a dans ses plaisirs seureté toute entiere,
Le vice continué en manquant de tesmoins,
L'on vous croit innocent quand vous l'estes le
     moins ;
Dans le doute qu'on a , si quelqu'vn vous accuse;
Vingt autres plus dupés soustiendront qu'il s'a-
    buse,
Et l'affectation d'vn merite apparent,
Impose le silence à tel qui nous reprend.

D. IVAN.

Cependant que chacun se gouuerne à sa mode!
Pour moy qui n'ay d'égard , qu'à ce qui m'ac-
    commode,
I'agis differemment suiuant l'occasion,
Et ie ne suis iamais la mesme opinion,
Par force,ou par douceur, ie sçay me satisfaire,
Et ie croy que pour tout c'est le plus necessaire.

D. FELIX.

I'approuue vostre aduis: mais Carrille paraist.

SCENE VI.

CARRILLE, D. IVAN,
D. LOPE, D. FELIX,

CARRILLE.

VOus n'auez qu'à partir voltre équipage eft
    prelt.
Pour moy qui ne veux pas, qu'vn caprice d'Eole
Me balotte à fon gré de l'vn à l'autre pole,
Trouuez bon, s'il vous plaift, que ie demeure icy.

D, LOPE.

Quoy, Carrille nous quitte ? ah! tu viendras auffi.

D. FELIX.

Qui pourroit fe paffer du fidelle Carrille ?

CARRILLE.

Il ne refte que moy de toute ma famille ?
Si ie viens à perir ma ra e manquera.

D. LOPE.

Au peril de fes iours chacun te fauuera.

CARRILLE.

Chacun dans le danger ne fonge qu'à fa vie.

D. LOPE.

Ne crains rien , vien Carrille.

CARRILLE.

            Hé! Meffieurs , ie vous prie,
Souffrez que vous partis ie garde la maifon.

D. FELIX.

Tous tes refus icy ne font pas de faifon,

Nous voulons t'emmener.
CARRILLE.
                        Songez vn peu, de grace,
Qu'on n'est point asseuré d'vne pleine bonnace,
Que tantost aux Enfers, & tantost dans les Cieux,
On voit de tous costez la mort deuant ses yeux,
Qu'on est à la mercy d'vn vent impitoyable,
Qu'vn vaisseau peut perir sur quelque banc de
    sable,
Qu'il peut creuer encor par vn autre danger,
Et quel peril pour moy qui ne sçais point nager?
Non, ie ne vous suis pas, Messieurs, si necessaire,
Et vous pouuez sans moy. . . .
D. IVAN.
                        Voicy bien du mystere,
Resous toy de me suiure, & sans tant raisonner,
Autrement. . . .
CARRILLE.
                Ah! Carrille, à quoy t'abandonner?
Suiure vn maistre taché de vices detestables,
Voila le grand chemin d'aller à tous les diables.

                Fin du premier Acte.

ACTE II.

SCENE PREMIERE.

L'Acte s'ouure par vne Mer agitée,
& Carrille au milieu.

CARRILLE à la nage.
PAQVETTE sortant du logis d'Ormin.

CARRILLE.

A H, ah,

PAQVETTE.
D'où vient ce bruit?

CARRILLE
Helas ie suis perdu!

PAQVETTE.
C'est quelqu'vn qui se noye

CARRILLE.
Ah ! ie n'ay que trop bu.
Qu'on ne m'en donne plus fantasque Dieu de
l'onde,
C'est assez pour vn coup.

PAQVETTE.
Ma peur est sans seconde,

Il pourroit bien se perdre.

CARRILLE.

A la fin m'y voila,
Sans ce morceau de mas ie serois resté là,
Ie t'ẽ ẽds grace, ô Ciel; mais qui vois-je paraître?
se mettant à genoux.
N'auriez-vous point icy par hazard veu mon
    Maistre?
Quoy qu'à dire le vray c'est vn coup de bonheur
S'il a pû se sauuer.

PAQVETTE.

Est-ce quelque Seigneur?

CARRILLE.

Oüy.

PAQVETTE.

L'on vient de sauuer trois hommes du
    naufrage.

CARRILLE.

Mais où sont-ils?

PAQVETTE.

Chez nous.

CARRILLE.

Quel en est l'equipage?

PAQVETTE.

Ils sont fort bien vestus.

CARRILLE.

Et sont-ils loin d'icy?

PAQVETTE.

Non, dans cette maison; mais vous voila transy,
Venez-vous y sécher, & sçauoit vostre affaire.
Et prendre vn doigt de vin.

CARRILLE.

Cela m'est necessaire,
Et ie suis resolu pour me remettre enfin,

Ayant bien bu de l'eau de boire bien du vin.

SCENE II.

ORMIN, PAQVETTE,
CARRILLÉ *entrant à la maison,*
THOMASSE.

ORMIN.

R Entrez à la maison, viste.

PAQVETTE.

I'y vais mon pere.

ORMIN.

D'où vient que vous sortez d'auprés de vostre
   mere ?
Vous n'aimez qu'à courir, & c'est le vray moyen,
De vous perdre, ma fille, & de ne valoir rien.

PAQVETTE.

Les cris de ce garçon au fort de la tempeste ...

ORMIN.

Vous n'aurez iamais tort; mais rentrez bonne
   beste,   [nous,
Et qu'on n'approche point des gens qui sont chez
Car ces plumets de Cour sont tousiours de leurs
   coups.

THOMASSE.

Mon Dieu, qu'ils sont bien faits ! & qu'ils ont
   bonne grace !

ORMIN.

Que vous importe-t'il, nostre fille Thomasse ?

Vous iugez par l'habit, & souuent ce n'est rie
Peut-estre qu'aucun d'eux n'a pas cinq sols
    bien,
Et ie ne suis pas mal s'ils payent leur dépense;
Ces fanfarons pour nous sont fort petite chanc
Pour du bruit ils en font assez passablement,
Bonne mine tousiours, mais point de payeme
On ronge cependant le pauure hoste à bon con
Et s'il veut de l'argent aussi-tost on l'affronte :
Auec vn passager nous auons plus de gain,
Et s'il dépense peu nostre argent est certain.
          THOMASSE.
Non, non, ne croyez pas que des gens de la sorte,
          ORMIN.
Oüais ! d'où vient que pour eux ton estime est
    forte ?
          THOMASSE.
Ie croy....
          ORMIN.
    N'en parlons plus, as-tu veu gros Lucas
          THOMASSE.
Oüy.
          ORMIN.
    Que t'en semble ?
          THOMASSE.
          Rien.
          ORMIN.
              Ne l'aimerois-tu pas
          THOMASSE.
Moy, l'aimer ! Et pourquoy ?
          ORMIN.
              Tu dois estre sa femm
          THOMASSE.
Moy, sa femme ?

ORMIN.

Toy-mesme, il est fils de Pirame,
our du bien il en a deux fois autant que toy,
t son pere a conclu l'affaire auecque moy.

THOMASSE.

ourquoy me marier ?

ORMIN.

Pourquoy ? belle demande !
quoy sert vn mary quand vne fille est grande ?

THOMASSE.

Helas ! ie n'en sçais rien.

ORMIN.

Tu le sçauras bien-tost.

THOMASSE.

Mais qu'il est mal basty !

ORMIN.

Mais, ma fille, il le faut,
C'est ton fait, ie le veux.

THOMASSE.

Helas ! laissez-moy fille,
Plustost que....

ORMIN.

Non, i'ay trop de charge en ma famille,
Vous estes d'vn gibier qui se gaste aisément,
Et tout homme d'esprit s'en defait promptemét,
On risque à tant garder chose si chatoüilleuse,
Et tu peux te flatter seurement d'estre heureuse.

THOMASSE.

Mais ma sœur...

ORMIN.

Vostre sœur a mesme sort que vous,
Et ie luy donneray Philemon pour époux :
Cependant va trouuer ta tante Dorothée,
Et luy dis que l'affaire est enfin arrestée ;

Moy ie vais conuier nos parens, nos amis,
Et ne tarderay pas à me rendre au logis.
                THOMASSE.
Si c'estoit à mon choix... mais qui vois-je pa-
    raistre?
C'est vn de ces Messieurs.

SCENE III.

CARRILLE, D. IVAN, THOMASSE,

CARRILLE,

HE' bien, Monsieur mon Maistre,
Ce que ie vous disois estoit mal raisonné?
Et c'estoit sans sujet que i'estois obstiné,
Où sans ce Paysan estiez vous?
                D. IVAN.
                        Ie l'aduouë,
Et sa reception merite qu'on l'en louë:
Mais encor que dis-tu de sa fille?
                CARRILLE.
                        Qui, moy?
Qu'en dirois je, Monsieur? elle est belle, ma foy,
Et dans l'occasion que le sort vous enuoye,
Ie ne vous croy pas homme à lacher vostre proye.
                D. IVAN.
I'en suis content.
                CARRILLE.
                Déja! est ne s'endormir pas.
                        A peine

A peine estre arriué...
D. IVAN.
Mais que vois-je là bas?
La personne est iolie; où courez-vous la belle?
CARRILLE.
Voicy pour mon Patron vne dixme nouuelle.
THOMASSE *voulant s'en aller D. Iuan*
la retient.
Ah! ne m'arrestez pas.
D. IVAN.
Laissez vous admirer. *l'ayant vn*
Non, rien à vos beautez ne se peut *peu regardée,*
comparer,
Ah Carille!
CARRILLE.
Monsieur, cela va bien, courage;
D. IVAN.
Voy! qui n'aimeroit pas vn si charmant visage?
CARRILLE.
Ie voy plustost vn loup qui court vne brebis.
D. IVAN.
Ah! que d'amour pour vous, mon cœur, se sent
épris.
THOMASSE.
Quoy! vous pourriez songer aux filles de Village?
Vous voulez me surprendre auec vn tel langage.
Adieu Monsieur.
D. IVAN.
Vn mot.
THOMASSE.
Non, ie veux m'en aller,
Monsieur, ie ne dois pas me laisser cajoller.
Vous autres vous auez tousiours tant de finesses,
Qu'il faut se défier de toutes vos caresses.

C

A qui voudra vous croire il ne manquera rien;
Mais on n'est pas si beste, & l'on vous connoist
  bien.

D. IVAN.

Non, mon amour est iuste, & tend au mariage.

THOMASSE.

O Dieux! s'il disoit vray que i'aurois d'auantage!
Parlez vous tout de bon?

D. IVAN.

Sans doute.

THOMASSE.

Quel bonheur!

CARRILLE.

Zeste.

D. IVAN.

Et pour entre nous confirmer cette ardeur,
Baisez moy.

THOMASSE.

Fy, Monsieur, comment baiser les hommes,
C'est vn peché mortel dás le siecle où nous sômes,
Ma mere me l'a dit, ie ne le feray pas.

CARRILLE.

Recule tout ton sou tu passeras le pas.

D. IVAN.

Quand vous auez ma foy, qu'auez-vous lieu de
  craindre?
Pouuez-vous soupçonner?

THOMASSE.

Les hommes sçauent feindre,
Vous pouuez me tromper.

D. IVAN.

Non, non, ne craignez rien.

CARRILLE.

Mon Maistre vous tröper! c'est vn home de bien.

Oh, qu'il n'a garde, non.
D. IVAN.
Oüy ma belle ie iure ....
CARRILLE *tirant son Maistre à quartier.*
Monsieur, ne iurez pas de peur d'estre parjuré.
D. IVAN.
Faquin, te tairas tu,

SCENE IV.

D. IVAN, THOMASSE,
PAQVETTE, CARRILLE.

D. IVAN.
IE iure & ie promets
De vous prendre pour femme.
THOMASSE,
Et quand?
CARRILLE.
Et quand? iamais.
D. IVAN.
Insolent!

PAQVETTE.
Il promet! fausse t'il sa parole?
CARRILLE.
Monsieur, vous allez voir iouër vn autre rollet
PAQVETTE *tirant D. Iuan à quartier.*
Quoy donc, apres m'auoir engagé vostre foy,
Vous en voulez vn autre, & vous mocquez de moy?
Pouuez vous luy promettre à moins qu'estre infi-
delle?   C ij

THOMASSE *tirant D. Iuan.*
Que vous veut donc ma sœur? & dequoy se plaint
t'elle ?

D. IVAN *à Thomasse.*
Elle se plaint à moy que ie ne l'aime point.

THOMASSE.
Et que n'appaisez vous son esprit sur ce point ?

D. IVAN.
Ie luy vais dire aussi que vous serez ma femme,
Et qu'elle espere en vain du pouuoir sur mô ame,
Et pour mettre le calme à son esprit jaloux,
Que ie vous l'ay promis.

PAQVETTE *tirant D. Iuan.*
Monsieur que dites-vous!
Ma sœur a-t'elle lieu plus que moy d'y pretédre

D. IVAN.
Plus que vous, point du tout, ie lui faisois entédre
Que c'estoit temps perdu de s'arrester à moy,
Et que vous auez seule & mon cœur & ma foy.

THOMASSE *tirant D. Iuan.*
Que parlez vous de foy ?

D. IVAN.
Ie parlois de vous mesme!
Ie disois que vous seule estiez celle que i'aime,
Que c'estoit temps perdu de s'arrester à moy,
Et que vous possedez & mon cœur & ma foy.

PAQVETTE *tirant. D. Iuan*
Mais Thomasse, Monsieur, se rend bié importune.

D. IVAN.
Elle a lieu de pleurer sa mauuaise fortune,
Et doit se plaindre au Ciel de n'auoir pas ces yeux,
Qui sont de mon bonheur les Maistres & les
Dieux,
Elle aura du dépit de vous voir mon épouse.

THOMASSE *tirant D. Iuan.*
Voſtre entretien a droit de me rendre jalouſe.

D. IVAN
Quoy, vous pourriez douter de l'ardeur de mes
    feux ?

THOMASSE.
Mais auſſi ſans façon prenez l'vne des deux.

D. IVAN.
Et ne voyez-vous pas que ie veux m'en défaire ?
C'eſt en vain que ſes ſoins s'attachét à me plaire,
Vous ſeule me charmez, & malgré ſon deſſein
Ie pretens en vn mot vous épouſer demain.

PAQVETTE.
Mais ma ſœur après tout ce n'eſt pas mal t'y
    prendre ?
Tu penſes donc l'auoir ?

THOMASSE.
                    Tu pourras bien l'attendre,
Car ie l'auray ſans douté.

PAQVETTE.
                    Hé, s'il te plaiſt, pourquoy ?

THOMASSE.
Par ce que ie ſçay bien qu'il n'aime rien que moy.

PAQVETTE.
Tu te flattes beaucoup.

THOMASSE.
                    I'ay ſujet de le faire.

PAQVETTE
Ton extréme beauté ſans douté a pû luy plaire ?

THOMASSE.
Ne raille point, i'en ay du moins autant que toy.

PAQVETTE.
Tu le dis ; mais peux tu te comparer à moy ?
Ah, la rare beauté ! vaut-elle pas la mienne ?

THOMASSE.

Ie ne changerois pas encor auec la tienne.

PAQVETTE.

Que chacun se tienne auec le bien qu'elle a.

THOMASSE.

Mais tu dois sans façon me ceder ce prix-là ?
Et ie croy que Monsieur le sçait bien reconnaître.

PAQVETTE.

Oüy, me faisant sa femme,

THOMASSE.

          Oüy si tu la peux estre.

D. IVAN à toutes les deux.

Oüy, oüy.

PAQVETTE.

      Tu n'entens pas qu'il vient de dire Oüy.

THOMASSE.

Bon pour moy.

PAQVETTE.

      Mais pour moy, car ie l'ay bien oüy,
Il luy faut demander : Monsieur, sans raillerie
De ma sœur ou de moy, dites nous ie vous prie,
Qui sera vostre femme ? & détournez les yeux,
Sur celle de nous deux que vous aimez le mieux.

THOMASSE.

Bon, il m'a regardée.

D. Iuan serre la main à Paquette, & regarde
Thomasse en mesme temps.

PAQVETTE.

      Et moy i'en suis contente.

D. IVAN.

Pour vous mettre d'accord chacune en vostre at-
   tente,
Ie veux épouser celle à qui ie l'ay promis.

Toy, Carille, attens moy, ie ne vais qu'au logis.

SCENE V.

CARRILLE, PAQVETTE, THOMASSE.

CARRILLE.

QVel abominable homme! helas, mes pau-
ures filles,
A qui croyez-vous vendre à present vos coquilles?
Connoissez-vous mon Maistre, & vous y fiez-
vous?
Vous le croyez sincere auec ses propos doux,
Mais si ie vous disois l'humeur du Personnage,
Vous verriez que son cœur...

PAQVETTE.

A quoy bon ce langage?
Et quel est ton dessein?

CARRILLE.

De vous desabuser,
De ce que vous croyez qu'il veut vous épouser.

THOMASSE.

Que viens tu nous conter, & deuôs-nous te croire?
Tout ce que tu nous dis n'offence point sa gloire,
Tel qu'il est ie le veux.

PAQVETTE.

Oüy, si tu peux l'auoir.
Ie ne t'empesche pas d'y faire ton pouuoir;
Mais que t'importe-t'il, valet, causeur & traistre?
S'il sera mon mary, parle mieux de ton Maistre,

Ie le crois honneste homme.
CARRILLE.
                                Et c'est vn scelerat,
Vn Loup,vn Diable,vn Chien,vn Renard,vn vray
      Chat.
Vn Loup pour vous piller vos tresors, vn vray
      Diable
Pour vous mettre en Enfer, vn Chien insatiablé,
Qui n'applique ses soins qu'à mordre la pudeur
Vn Chat,qui met la patte aux quartiers de l'hon-
      neurs,
Vn Renard,qui ne tache auecque ses finesses
Qu'à vous accommoder belles de toutes pieces,
Et sans vous ennuyer de noms iusqu'à demain,
En vn mot l'épouseur de tout le genre humain.
PAQVETTE.
Va,nous ne croyons point ce que tu viens de dire.
CARRILLE.
Vous n'aurez pas , ma foy , toutes deux lieu d'en
      rire,
Souuenez-vous qu'icy ie dis la verité.
PAQVETTE.
C'est plustost vn effet de ta méchanceté,
Ie suis seure qo'il doit me tenir sa promesse.
THOMASSE.
Et ie suis seure aussi que ie suis sa Maistresse.
CARRILLE.
Croyez-le assurement , ce sera pour vn iour.
Q e ce sexe est facile à prendre de l'amour !
Mais ie voy Dom Felix qui vient auec mon Mai-
      stre.

SCENE VI.

D. FELIX, D. IVAN, CARRILLE.

D. FELIX.

SI vous m'aimez, il faut me le faire connaistre,
Vous sçauez que Dorinde auoit sçeu me char-
    mer ?
Il paroist vn Temple.

D. IVAN.

Quoy, celle que son pere auoit fait enfermer ?

D. FELIX.

Elle mesme, & tantost examinant le Temple,
Que l'on voit en ces lieux, & qui n'a point d'e-
    xemple,
I'ay sçeu que cet objet qui fit naistre mes feux,
Estoit preste demain d'y faire quelques veux,
Et ie veux l'enleuer par force ou par adresse,
Voulez-vous seconder cette ardeur qui m'en
    presse ?

D. IVAN.

Vous me conoissez trop pour en pouuoir douter,
Ie fais pour vn amy gloire de tout tenter,
Ie n'examine point quel peril y peut estre ?
Dans les plus grands dangers l'amitié doit pa-
    raistre,
Et quand ie serois seur d'y trouuer le trépas,
La crainte de perir ne m'arresteroit pas,
Iugez apres cela sie veux l'entreprendre ?

D. FELIX.

Comment me reuenger d'vne amitié si tendre?
Ah! si l'occasion s'offre de vous seruir
Vous verrez...

D. IVAN.

Regardons comme il nous faut agir.

D. FELIX.

A vous dire le vray, la chose est difficile,
Ie ne sçay quel moyen nous y peut estre vtile ;
Le Temple est bien fermé, les murs sont éleuez,
Il n'est aucuns endroits que ie n'ayé obseruez :
A moins que s'y glisser par quelque stratagéme,
Ou de forcer ce fort où l'on tient ce que i'aime,
Nous ne pouuons iamais accomplir ce dessein.

D. IVAN.

Non, non, ie sçais pour vous vn moyen plus cer-
tain.
Ie veux brûler ce Temple, & cette main s'appreste
A vous donner ainsi cette aimable conqueste.
Dans le desordre affreux que produira le feu,
Vous y pourrez entrer & iouer vostre jeu,
Feignant de secourir vous prendrez cette belle,
Et dans l'obscurité vous fuirez auec elle,
Trouuez-vous ce moyen infaillible pour vous ?

D. FELIX.

I'en demeure d'accord, c'est le plus seur de tous.

D. IVAN.

Le coup est fort hardy ; mais ma plus forte enuie
C'est de voir, Dom Felix, qu'on parle de ma vie.
Dans Ephese vn grand cœur fit la mesme action
Et i'auois de tout temps pareille ambition,
Il s'immortalisa par ce trait de courage,
Et puis qu'à vous seruir l'occasion m'engage,
Ie veux sans differer l'entreprendre aujourd'huy,

Et qu'on dise de moy ce que l'on dit de luy.
La nuit semble déja seconder noftre enuie,
Allons, toy refte icy.

SCENE VII,

CARRILLE *feul.*

Qve ie crains pour ma vie !
A quelle extremité mon Maiftre me reduit !
Planté dans vne ruë, & fans armes, la nuit,
Et pour furcroift de mal, prés des lieux où ce dia-
    ble,
Fera dans vn moment vn vacarme effroyable !
Qui dans vn tel eftat auroit affez de cœur
Pour ne pas reffentir les effets de la peur ?
Ie ne puis m'exempter, fi la Iuftice paffe,
De dire à quel deffein ie refte en cette place,
Et me voyant furpris fans en rendre raifon,
On pourra m'ordonner vn gifte à la prifon ;
Et fçachant qui ie fuis & le nom de mon Maiftre,
On pourra m'allonger d'vn demy pied peut eftre.
La pefte c'eft le diable, & ce mal-heureux faut,
A parler franchement n'eft pas ce qu'il me faut,
I'aime mieux mourir feul qu'en bône compagnie,
Et ne fuis pas preffé d'abandonner la vie.
Mais pour nous difpenfer de courir ce malheur,
Il faut quitter mon Maiftre, & c'eft là le meilleur ;
Auffi bien-toft ou tard ma perte eft tres-certaine,
Si ie le fers toufiouts dans le beau train qu'il
    meine :

Allons, fuyons; mais Dieux! nous allons voir beau
   jeu,
Quels cris de tous costez? le Téple est tout en feu.
      Vne voix derriere le Theatre :
A la force, au secours.

          Le Temple paraist en feu.
       CARRILLE.
          Que ie suis miserable!
Si i'auois quelque trou qui me fut fauorable,
Ce seroit bien mon fait, mais restons dás ce coin,
Et seruons nous icy de l'adresse au besoin.

SCENE VIII.

D. FELIX *emportant vne femme voilée,*
D. IVAN, CARRILLE.

D. IVAN.
Dom Felix, au plus viste, emportés vostre proye.
    D. FELIX.
Ah, que dans ce moment mon cœur ressent de
   joye!

    D. IVAN.
Menagés bien le temps de ces transports si doux,
Et nous trouuons tous trois demain au rendez-
   vous.
Ie vous ay dit le lieu.
    D. FELIX.
      l'auray soin de m'y rendre,

         SCENE IX.

SCENE IX.

CARRILLE sortant de son coin.
D, IVAN,
CARRILLE.

MArchons si doucement qu'on ne nous puisse
    entendre,
Ie n'entens plus de bruit.
    Carrille touche son
    Maistre, & tombe.

D. IVAN.
Qui va là ?
CARRILLE.

                    Ie suis mort,
Pauure Carrille, où diable ay-je heurté si fort ?
N'importe, quoy qu'icy ma crainte soit extréme,
Tachons.

D. IVAN.
Qui va là donc ?
CARRILLE tremblant.
            Et qui va là toy-mesme ?
D. IVAN.
Ie croy que c'est Carrille.
CARRILLE.
        Eh , oüy vrayment, c'est moy
Qui tachois de m'enfuir,
D. IVAN.
            Toy, t'enfuir ? & pourquoy ?
D

CARRILLE.
Quelque iour à loifir vous en fçaurez la caufe,
Seruiteur.
D. IVAN.
Sans façon, declare moy la chofe,
Qui t'oblige à t'enfuir ?
CARRILLE.
Ne vous fachez de rien.
D. IVAN.
Non.
CARRILLE.
Ie voy qu'auec vous ie traifne mon lien,
Et fi i'y refte encor ie pourray bien ie penfe,
Efpoufer auec vous vne mefme potence.
D. IVAN.
Coquin.
CARRILLE.
Ma foy, Monfieur, ie crains trop les Sergens,
Si vous tôbez vn iour dans les mains de ces gens,
N'eftes-vous pas perdu fans aucune reffource ?
Encor dans certain temps on fait ioüer la bourfe,
La plufpart font d'humeur à ne refufer rien,
Et peu fans ces accords poffederoient du bien ;
Mais iufqu'au moindre cas, chez vous tout eft
        pendable,
Et i'en pourrois patir autant que le coupable,
Quand ie feray gripé, iugez ce qui s'enfuit ;
La pefte ! quelque fot ! bon foir, & bonne nuit.
D. IVAN.
Arrefte.
CARRILLE.
Mais à quoy vous fuis-je neceffaire ?
D. IVAN.
Suffit que ie le veux, tu dois me fatisfaire.

CARRILLE.
Mais croyez-vous, Monſieur, qu'on ne vous cher-
che pas ?
Et que vous n'ayez point d'ennemis ſur les bras.
D. IVAN.
De quelque grand peril qu'on menace ma teſte,
Tu me verras plus ferme au fort de la tempeſte,
Affronter le danger ſans craindre le trépas,
La foudre peut tomber & ne m'écraſer pas.
Ce bras ſçait l'art de vaincre, & du moins ſi ma vie
Eſt par mes ennemis ardemment pourſuiuie,
Et qu'il faille ceder aux caprices du ſort,
Carrille , i'ay du cœur pour me donner la mort :
Mais pour te faire voir, que ny peur, ny menace,
Ne peuuent ébranler vne ſi ferme audace,
Ie verrois maintenant & la terre & les Cieux,
Animer contre moy cent monſtres furieux,
Que d'vn cœur intrepide, & d'vn bras indōptable,
I'oppoſerois ma force à leur rage effroyable,
Cependant au départ il nous faut preparer,
Car dans peu de ces lieux ie me veux retirer,
Et ſi ie ne te vois reſolu de me ſuiure,
Sois ſeur qu'au meſme inſtant tu ceſſeras de viure :
Viendras tu?
CARRILLE bas.
Malgré moy.
D. IVAN.
Reſpons donc ?
CARRILLE.
Oüy vrayment.
Ah ! qu'auec vn tel Maiſtre on ſouffre de tourmét,

Fin du ſecond Acte.

ACTE III.

SCENE PREMIERE.

CARRILLE *armé.* D. IVAN.

CARRILLE.

Dans l'estat où ie suis, Monsieur, ie feray
rage.

D. IVAN.

Tu peux bien te deffendre auec cét équipage:
Mais du cœur en as tu?

CARRILLE.

Comme vn diable, mort bleu,
Ah ventre! ah teste! ah mort.

D. IVAN.

Te voila tout en feu,
Reserue ces trãsports pour deffendre ton Maistre
C'est dans l'occasion que l'on se fait connaistre.

Il fait le braue, & se retour-
nant il a de la peur.

CARRILLE.

Que ne vois-je quelqu'vn qui voulut? Euh...

D. IVAN.

Qu'as-tu?

Carrille ?
CARRILLE.
Rien, Monſieur. Ah qu'il ſeroi ſattu ?
Plaiſt-il . . .
D. IVAN.
Que fais-tu donc ?
CARRILLE.
Ie ne ſçay quoy me gehenne,
Ne nous ſuiuroit-on point ?
D. IVAN.
Pourquoy t'en mettre en peine ?
La choſe eſt fort plauſible.
CARRILLE.
Ah, Monſieur, s'il vous plaiſt . . .
D. IVAN.
Tu trembles.
CARRILLE.
Point du tout, mon courage eſt tout preſt.
D. IVAN.
Regarder touſiours-là ! quelle eſt cotte maniere ?

CARRILLE.
C'eſt pour voir, ſi quelqu'vn ne vient point par
      derriere
Nous allonger vn coup, qui nous oſte d'eſtat
De pouuoir côme il faut nous oſter du combat :
Dans ces occaſiõs la ſurpriſe eſt à craindre,
Encor ſe battant bien l'on ne doit pas ſe plaindre,
Si malgré noſtre effort vn autre eſt le vainqueur,
Car ce peut-eſtre alors vn effet du malheur ;
Mais ſans ſe défier, mon Maiſtre, on ſe hazarde.
I'entens du bruit.   *fuyant.*
D. IVAN.
Tu fuis.

CARRILLE.

C'est pour me mettre en garde,
Et prendre vn terrain propre à pouuoir resister.

D. IVAN.

Poltron, ne vois tu pas ..

CARRILLE.

Qu'on va vous en conter.

SCENE II.

D. IVAN, THOMASSE,
PAQVETTE, CARRILLE.

D. IVAN.

Carrille, euitons-là.

*Dans le temps que D. Iuan veut s'en
aller, Thomasse l'arreste d'vn costé,
& Paquette de l'autre.*

THOMASSE.

Quoy ! vous me quittez, traistre.

PAQVETTE.

Vous me fuyez ?

CARRILLE.

A l'autre, apprestez-vous mon Maistre.

PAQVETTE.

Quoy lache, à toutes deux auoir rauy l'honneur.

CARRILLE.

Hé ! vous en auez tant, Monsieur, rendez le leur.

THOMASSE.

Voyez, il nous contoit les plus belles paroles.

CARRILLE.

Ie vous auois bien dit son humeur, pauures folles,
Mais ie n'estois qu'vn traistre, vn meschant, vn
    menteur,
Il vous en cuit pourtant

PAQVETTE.

            Respons nous donc, trompeur.

D. IVAN.

Sans m'arrester icy quels desseins sont les vôtres ?

THOMASSE.

Tu deuois m'épouser ?

CARRILLE.

            Il l'a bien dit à d'autres.

PAQVETTE.

Tu m'as promis aussi ?

D. IVAN.

            Mais ie ne le puis plus,
Et vos emportemens sont icy superflus.
Ie ne puis estre à vous sans luy faire vne injure,
Voyez de plus l'horreur d'vne telle auanture,
Et que le Ciel aigry de l'amour de deux sœurs,
Exercera sur moy ses dernieres rigueurs.

CARRILLE.

La bonne ame !

D. IVAN.

Il faut donc dans vn profond silence,
Estouffer entre nous cét amour qui l'offence,
Et par vn repentir esteindre dans nos cœurs
L'infame souuenir de ces noires ardeurs :
Mais puisque de ces maux ie suis la seule cause,
Il est iuste pour vous de faire quelque chose,
I'ay du regret de voir que ma brutalité,
Vous ait fait consentir à cette lacheté,
Et ie veux vous dôner pour tant de bien-veillâce

Vne somme d'argent.
CARRILLE.
                    L homme de conscience!
D. IVAN.
Vous pourrez rencontrer quelque party meilleur,
Et l'argent en tout temps apporte de l'honneur.
THOMASSE.
Qu'en dites-vous , ma sœur ?
PAQVETTE.
                    Qu'en dites-vous vous mesme ?
THOMASSE.
Ie l'aimois.

PAQVETTE.
                Et pour luy ma flâme estoit extréme,
Mais puisque toutes deux nous n'auons plus d'es-
    poir,
Acceptons son argent.
CARRILLE.
                        Si vous pouuez l'auoir.
D. IVAN.
Hé bien , agreez-vous ce que ie viens de dire ?
PAQVETTE.
I'en suis d'accord.
D. IVAN.
                Et vous ?
THOMASSE.
                    Il y faut bien souscrire.
D. IVAN.
Ie donne à toutes deux trois cens ducats.
CARRILLE.
                            Croyez,
Que ces trois cens ducats vous seront bien payez,
Car il reçoit bien-tost vne lettre de change,
En bel & bon argent , visible comme vn Ange.

PAQVETTE.

Mais parlez-vous, Monsieur, auec sincerité!
Pouuons-nous nous fier?

D. IVAN.

C'est vne verité,
Ie veux vous les donner.

CARRILLE.

La semaine prochaine.

D. IVAN.

Dés demain au plus tard, n'é soyés point en peine.

PAQVETTE.

N'y manquez pas au moins.

GARRILLE.

Il n'a garde, vrayment.

SCENE III.

D. IVAN, CARRILLE.

D. IVAN.

MAis quoy, tu pretens donc jaser incessam-
     ment?
Et sans examiner que ton caquet m'offence,
Tu ne peux vn moment te resoudre au silence?

CARRILLE.

Mais est-ce sans raison?

D. IVAN.

Mais, sçais-tu ce qu'on fait,
Quand on a le dessein de punir vn valet,
Qui ne se peut tenir quelque chose qu'on dise,
Qu'il n'y mette son nez, & qu'il n'en moralise?

Vn Maiſtre au meſme inſtant auec vn bon baſton,
Luy doit fermer la bouche, & s'en faire raiſon :
Voila le ſort qu'vn iour ta langue te prepare.
CARRILLE.
Il faut qu'onuèrtement enfin ie me declare.
Qui ſe tairoit, Monſieur, en voyant tes beaux
    tours,
Que ſans crainte duCiel vous faites tous les iours?
D. IVAN.
Ie fais ce que ie veux, dois. je t'en rendre compte?
Si ie commets vn crime, en portes tu la honte;
Ne m'en parle donc plus, ou tes rares aduis
De cent coups de baſton pourront eſtre ſuiuis.

SCENE IV.

D. LOPE, D. FELIX, D. IVAN,
D. GASPARD, CARRILLE.

D. LOPE.

Nous venons vous chercher, noſtre perte eſt
    iurée.
Dom Gaſpard en a ſçeu la nouuelle aſſurée.
D. GASPARD.
I'en ay receu l'aduis, & vous ſçachant icy
I'ay voulu vous montrer la lettre que voicy,
Eſtant voſtre parent, ie vous offre vn azile.
D. IVAN *ayant leu la lettre.*
Ce ſoin m'oblige fort, mais il eſt inutile,
Mes plus gráds ennemis ne m'ôt iamais fait peur.

Et vous voyez vn front exempt de la terreur.

à D. Lope, & à D. Felix

Pour vous , si vous m'aimez d'vne amitié fidelle,
I'attens dans ce peril l'effet de vostre zele,
Ayons mesme fortune , & s'il nous faut perir
Ne nous dementons point iusqu'au dernier souf-
    pir.

D. GASPARD.

Hé quoy donc ! Dom Iuan sera tousiours le mes-
    me ?
Tousiours on le verra dans cette erreur extréme ?
La terre , ny le Ciel ne l'intimident pas !
Et loin de fuir sa perte il y court à grands pas.
Songez qu'il est vn temps où le crime prospere ;
Mais qu'il en est vn autre , où le Ciel en colere,
Irrité des refus qu'on fait à ses bontez ;
Se venge tost ou tard de tant d'iniquitez.

D. IVAN

Hé quoy donc, Dom Iuan, se piquant de sagesse,
A la correction s'attachera sans cesse ?
Et gehennant les esprits par vne vaine peur,
Il voudra conformer chacun à son humeur ?
Songez que la Nature est tout ce qui nous méne,
Que malgré la raison son pouuoir nous entraîne,
Que le crime n'est pas si grand qu'on nous le fait,
Que tous ces chastimens , dont vous preschez
    l'effet,
Ne sont bons à prosner qu'à des ames timides,
Que l'on ne doit souffrir rien que ses sens pour
    guides,
Qu'il les faut assouuir iusqu'aux moindres desirs,
Et n'auoir point d'égard qu'à ses propres plaisirs.

D. GASPARD.

Ie sçais qu'il est des temps , où l'âge nous conuie,

De prendre auec honneur les plaifirs de la vie :
Mais paffer à l'excés de la brutalité,
Et n'auoir que fes fens pour toute Deité,
Et-il rien icy bas qui foit plus condamnable ?
Ah craignez ! que du Ciel le couroux   *D. Iuan*
        redoutable,   *rit.*
Vous riez . . . . doutez-vous du pouuoir de nos
        Dieux ?

D. IVAN.

Hé! pour voir ce qu'ils fôt, il ne faut que des yeux,
L'a droite Politique en mafqua le caprice,
La foiblefle de l'homme appuya l'artifice,
Et fa timidité s'en faifant vn deuoir,
Sans aucune raifon forgea ce grand pouuoir.

D. GASPARD.

Si vous confideriez l'ordre de la Nature,
Vous verriez leur pouuoir dans chaque creature,
Cét accord merueilleux dans les quatre Elemens
Doit confondre l'erreur de vos emportemens ;
La contrarieté, qui fait leur concordance,
Fait affez admirer leur fupréme puiffance,
Et ce grand entretien dans les quatre Saifons,
Pour prouuer leurs autheurs font de bônes raifôs,
Ce compofé de tout formé fur leur image,
Ce petit monde entier, ce furprenant ouurage,
L'homme en fes fonctions porte-t'il pas dequoy
Defabufer l'efprit de qui manque de foy ?
Mais ie connois qu'en vain ie m'attache à vous
        dire,
Qu'il n'eft rien icy bas qui par eux ne refpire,
Il vaut mieux vous laiffer dans voftre aueugle-
        ment.

SCENE V.

SCENE V.

D. LOPE, D. IVAN, D. FELIX, CARRILLE.

D. LOPE.

Dom Iuan vous deuiez en agir autrement ;
Et deuant luy du moins il falloit vn peu
    feindre ;
On doit tout ménager quád on a tout à craindre,
Sa maison est pour nous vn lieu de seureté,
Nous y pouuions rester en toute liberté :
Mais qui sçait à present, vous ayant veu le mesme,
S'il voudroit nous l'offrir dans vn peril extréme ?
On peut facilement faire l'homme de bien,
Dire que l'on croit tout encor qu'il n'en soit rien,
Et voilant ses discours d'vne belle apparence,
Se reseruer en soy ce que le cœur en pense.
C'estoit là de quel air il luy falloit parler,
Et ce peu de contrainte eut pû le rappeller.

D. IVAN.

Dom Lope, ie ne puis approuuer ces maximes,
Ie nôme des plaisirs, ce que vous nômez crimes,
Tous ces déguisemens ont trop de lacheté,
Ie dis tout, & fais tout auec impunité,
Et si ie ne sçauois, quel est vostre courage,
Ie douterois de vous entendant ce langage.
Mais comment auez-vous rencontré Dom Gas-
    pard ?

E

D. FELIX.

Vers noſtre rendez-vous il eſtoit à l'écart,
Vous ſçaucz qu'il ſe plaiſt fort à la ſolitude,
Et que dans ces endroits il s'attache à l'étude :
Surpris de nous trouuer l'vn & l'autre en ces lieux,
Il nous a fait paraiſtre vn deſir curieux,
De ſçauoir quel deſſein nous y pouuoit conduire,
Et nous n'auons pas fait ſcrupule de luy dire :
Mais comme en cét endroit vous ne vous rendiez
      pas,
Son aduis nous a fait retourner ſur nos pas.

D. IVAN.

Ie m'y ſerois rendu, mais Paquette & Thomaſſe…

CARRILLE *appercetuant le Preuoſt.*

Monſieur, ie viens de voir certaine ombre qui
      paſſe.

D. IVAN.

Poltron ! te tairas-tu?

CARRILLE *le voyant entrer & ſes*
Archers.

      Monſieur, les voila deux,
Trois, quatre, cinq, helas !

SCENE VI.

D. IVAN, D. LOPE, D. FELIX.
CARRILLE, LE PREVOST,
& ſes gens.

LE PREVOST.

SAns doute ce ſont eux,

Comme on me l'a dépeint, c'est Dom Iuan.
      CARRILLE *s'en fuyant.*
                    Mon Maistre,
Et viste, sauuons nous, nous voila pris.
      D. IVAN.
                  Ah traistre!
      LE PREVOST.
Donnons, & que chacun fasse icy son deuoir,
Compagnons, mort ou vif, il nous les faut auoir.
              tous l'épée à la main.
      D. IVAN.
Ie sçauray reprimer vne telle insolence.
      LE PREVOST.
Courage, mes amis.
      D. IVAN.
             Vous faites resistance,
Il faut lacher le pied, traistres!
      LE PREVOST.
               Retirons-nous.
      D. FELIX.
Ils n'ont pû resister à l'effort de nos coups.
      D. LOPE.
Il le faut auoüer, tout nous est fauorable.
      D. IVAN.
Rien de nous arrester ne peut estre capable;
Cependant, il nous faut abandonner ces lieux,
Allons dans mon Chasteau pour nous diuertir
    mieux.
      D. FELIX.
I'en suis d'accord, allons sans tarder dauantage.
      D. IVAN.
Nous nous retrouuerons dans ce prochain Vil-
    lage,
Ie veux chercher Carrille, allez ie suis vos pas.
             E ij

D. FELIX.

Mais sans tarder au moins.

D. IVAN.

Ie ne m'arreste pas.

SCENE VII.

D. IVAN, CARRILLE.

D. IVAN.

EH, Carrille !

    CARRILLE *sortant la teste d'vne aisle,*
        & puis se retirant.

Monsieur.

D. IVAN.

    O l'homme de courage !

Viendras-tu ?

    CARRILLE.

Me voila.

D. IVAN.

    Tu deuois faire rage !
Cependant, dans le temps qu'il en est oit saison,
Tu me quittes, Carrille, & fuis en vray poltron !
As-tu pour te deffendre vne raison valable ?

    CARRILLE.

Sans la peur de la mort, i'estois pire qu'vn diable :
Mais sur ce pas, Monsieur, faisant reflexion,
I'ay crû qu'il valoit mieux estre vn peu plus pol-
    tron.
Peste ! c'est pour long-temps qu'on fait cette fo-
    lie,

D. IVAN.

Lache, dans les combats pert-on tousiours la vie ?

CARRILLE.

Ah, Monsieur, tost ou tard on ne peut l'éuiter,
Et c'est estre bien fou de le vouloir tenter.

D. IVAN.

Mais sans cœur i'estois pris, il eut fallu me rendre.

CARRILLE.

Il faut s'enfuir, Monsieur, au lieu de se deffendre,
C'est l'vnique secret d'éuiter le malheur.

D. IVAN.

Dans ces occasions il y va de l'honneur.
Mais où donc estois-tu ?

CARRILLE.

       Moy, i'estois la derriere,
Où i'adressois au Ciel pour vous vne priere.

D. IVAN.

Ou pour toy : cependant il faut partir d'icy.

CARRILLE.

C'est fort bien fait à vous, ie le souhaite aussi,
L'appetit dans mon ventre exerce sa furie,
Et ie n'ay iamais eu tant de faim de ma vie.

D. IVAN.

Allons, Carrille, allons, mais quel est ce tombeau ?
Carrille, le dessein m'en paroist assez beau.

*On voit vn tombeau accompagné
de figures, D. Pierre sur vn genoux,
vne main sur vn Prié-Dieu.*

CARRILLE *l'ayant regardé.*

C'est vostre Commandeur, c'est luy-mesme, mon
Maistre.

EPITAPHE.

Dom Pierre par la main d'vn traistre,

Entendez-vous, Monſieur, on vous louë aſſez biē.
D. IVAN.
Quoy donc…
CARRILLE.
Liſez pluſtoſt , ma foy ie n’y mets rien.
D. IVAN *lit.*

EPITAPHE.

Dom Pierre, par la main d’vn traiſtre,
Dans Seville a receu la mort ;
Son merite par tout s’eſt aſſez fait connaiſtre,
Et l’Vniuers pleure ſon ſort.
Paſſant , qui vois, ce que pour ſa memoire,
On a fait grauer en ces lieux,
Apprens quel eſt l’Autheur d’vne action ſi noire,
D. Iuan a commis ce forfait odieux :
Mais le Ciel confus de ſes crimes,
A reſolu de le punir,
Et veut, que les Enfers dans leurs plus noirs abyſ-
mes,
En effacent le ſouuenir.
CARRILLE.
Qu’en dites vous , Monſieur ?
D. IVAN.
Plaiſante propherie?
Ie bruſle du deſir de la voir reüſſie,
Et voudrois , qu’il voulut luy-meſme l’annoncer.
CARRILLE.
Quelle neceſſité de s’en embarraſſer ?
Allons.
D. IVAN.
Non , de ma part va luy faire vn meſſage,
Puis que i’ay reſolu, qu’vn compliment engage
Ce digne Commandeur à ſouper auec moy.

CARRILLE *riant.*

Bon, prier vne pierre à souper auec soy !
Révez-vous ?

D. IVAN.

Non, ie veux contenter mon enuie.

Va donc.

CARRILLE.

D'où vous prouient ce beau trait de folie?
Et mort bleu, cette pierre a-t'elle le pouuoir
De parler, ny d'oüyr, d'aller, ny de mouuoir?
Où diantre prenez-vous vn si plaisant caprice ?

D. IVAN.

Mais quand i'ay commandé, ie veux qu'on m'o-
beïsse,
Où les coups de baston....

CARRILLE.

Peste, ie voûs entens.
Mais ma foy vous raillez, ou bien ie perd le sens,
Vne pierre ! songez si la chose est plausible.

D. IVAN.

Ie veux croire auec toy qu'elle n'est pas possible,
Mais va.

CARRILLE *riant.*

C'est estre fou.

D. IVAN.

Quoy donc, tu n'iras pas ?
Te mocques-tu de moy ?

Il va trois fois à la Statuë, &
quand il en est prés, il reuient en
riant vers son Maistre.

CARRILLE.

Non, i'y cours à grands pas,
I'en diray comme il faut? Madame la Statuë,

Pour qui ie crois icy ma harangue perduë,
Mon Maiſtre Dom Iuan m'oblige à vous parlet,
Et d'vn ſouper exquis pretend vous regaler :
Pour moy ſon Intendant, & valet ordinaire,
I'auray ſoin, qu'on vous faſſe vne excellente chere,
Q_u'on tienne le vin frais, & qu'il ſoit du meilleur,
Et boiray quatre coups auec vous de bon cœur ;
Au moins n'y manquez pas, car vous ſçauez que
      l'homme
N'eſt pas pluſtoſt choqué, qu'auſſi-toſt il aſſôme ;
Venez donc de bône heure à noſtre rendez-vous,
Ce n'eſt pas loin d'icy, car ce ſera chez nous
Ah, Monſieur, la Statuë.   *La Statuë baiſſe*
                                  la teſte.

Tombant ſur les genoux, & mon-
trant auec ſa teſte comme la
figure a fait.

D. IVAN.

                    Hé bien donc, la Statuë ?

CARRILLE.

La Statuë, Monſieur, la Statuë me tuë,
Auec vn grand...

D. IVAN.

          Quoy donc ! parle ?

CARRILLE.

                              Ie ne puis pas.
Ie croyois qu'elle auoit ietté ſa teſte à bas ;
Auec vn mouuement, dont le cœur me friſſonne,
Elle m'a répondu d'y venir en perſonne,
C'eſt à vous qui priez de la bien receuoir,
Car ie m'exempteray ſi ie puis, de la voir.

CARRILLE.

Va Carrille, ton cœur n'eſt ny ferme, ny ſtable,
Pour croire ton rapport fidele & veritable ;

Et ie n'impute rien de ce plaisant recit,
Q i a la sotte foiblesse où tombe ton esprit.
Qui peut s'imaginer, qu'vne vaine Statuë,
Puisse mouuoir la teste ou desiller la veuë ?
Pour moy, ie ne voy point de raisós pour prouuer,
Ny par qui, ny comment cela peut arriuer i
Ie n'y trouue pas mesme vne ombre d'apparence,
Et chez toy c'estoit peur, ou bien extrauagance.

CARRILLE.

Peut estre l' Statuë a le Demon au corps,
Où l'on la fait agir par d'inconnus ressorts ;
Mais voyez là, Mósieur, & vous pourrez cónaître,
Si ie révois alors , ou si cela peut estre,
Peste i'ay des bons yeux , & quoy que i'aye peur,
Ie ne me trompe point.

D. IVAN.

Ombre du Commandeur,
Viens souper auec moy, pour passer mon enuie,
Ie t'attens, entens-tu ? c'est moy qui t'en conuie.
la Statuë fait signe de la teste.

CARRILLE.

Hé bien, l'auez-vous veu ?

D. IVAN.

C'est vne verité.

CARRILLE.

Ou plustost, n'est-ce pas vne temerité ?
A quoy bon s'exposer aux fureurs de cette Ombre,
Vous courez au galop dans le Royaume sombre.

D. IVAN.

Sans perdre icy de temps viens mettre le couuert.

CARRILLE.

Ah, mon Maistre, ma foy vous voila pris sans verd

Fin du troisiéme Acte.

ACTE IV.

SCENE PREMIERE.

D. IVAN, D. LOPE, D. FELIX, CARRILLE.

D. IVAN.

HE' bien, que dites-vous d'vne telle auanture?

D. LOPE.

Pour moy, ie n'en croy rien.

D. IVAN.

C'eſt la verité pure.
Tantoſt ſur le rapport, que Carrille en a fait,
I'ay douté comme vous, mais i'en ay veu l'effet.

D. LOPE.

Vne maſſe de pierre! vne vaine Statuë,
Pouuoir baiſſer la teſte & deſiller la veuë!
Vn corps que rien n'anime auoir du mouuement!
Cela choque le ſens, à parler franchement,
Mais qu'en dites-vous Dom Felix?

D. FELIX.

La choſe eſt incroyable;

C'eſt quelque viſion.

D. IVAN.

Mais en ſuis-je capable ?
C'eſt aux foibles eſprits à s'en laiſſer fraper ;
La crainte, en cét eſtat les peut faire tromper :
Mais moy que rien n'eſtonne, on ne peut pas me
        dire,
Que la peur ſur mes ſens auoit pris de l'empire,
I'eſtois touſiours le meſme, & ſans eſtonnement,
I'ay receu ſa reſponſe, & veu ſon mouuement.

D. LOPE.

I'en douteray touſiours.

D. FELIX.

C'eſt vne bagatelle.

CARRILLE.

Il n'en faut point douter, Meſſieurs, la choſe eſt
        telle.

D. IVAN.

Que nous importe-t'il qu'elle le ſoit, ou non ?
Le ſouper eſt-il preſt ?

CARRILLE.

Oüy.

D. IVAN.

Le vin eſt il bon ?

CARRILLE.

Oüy, Monſieur, & la féve en eſt incomparable,
Les ragouſts ſont frians, le gibier admirable,
Seville ne peut pas fournir de meilleurs mets,
Et i'eſpere vous voir tous trois fort ſatisfaits :
Mais à propos, Monſieur, en parlant de Seville,
Croyez-vous que ce lieu nous ſoit vn ſeur azile ?
Que ſi prés de la ville on ne nous prenne point ?
La peſte il ne faut pas s'endormir ſur ce point,
Vous ſçauez que tantoſt ſans l'effort de courage,

D. IVAN.

Va,va,ce bras par tout a le mefme auantage.

CARRILLE.

Tant mieûx : Mais ce bonheur durera-t'il toû-
  jours?
La fortune, Monfieur, a d'eftranges retours.
Qui s'en flate le plus, fouuent n'en eft pas maître,
L'on peut fe voir vaincu, tout vaillant qu'on puiſ
  fe eftre,
Et fuffiéz vous cent fois plus braue que Cefar,
Il faut ceder au nombre auffi bien qu'au hazard.
Outre que les Archers fçauent fi bien furprendre,
Qu'ils dônent rarement le temps de fe deffendre,
Par mille tours rufez on tombe dans leurs mains.

D. LOPE.

La deffiance icy peut rompre leurs deffeins,
Tout nous eftant fufpect, nous n'auons rien à
  craindre.

CARRILLE.

Vous fçauez qu'en ce cas ie fuis le plus à plaindre.
Et fi par vn malheur, ..

D. IVAN.

　　　Ne crains rien, fais feruir,

CARRILLE

J'y cours. Ah, que ie vais receuoir de plaifir!

SCENE II.

SCENE II.

D. IVAN, D. LOPE,
D. FELIX.

D. IVAN.

HE' bien, que dites-vous du cours de noſtre
    vie!

D. LOPE.

On ne peut iamais mieux contenter ſon enuie,

D. FELIX.

Rien ne peut égaler noſtre felicité,
Et le plaiſir enfin ſuit noſtre volonté,
Ie n'ay point de regret d'auoir quitté Seville.

D. IVAN

Ie gouſte des plaiſirs plus charmans qu'à la ville,
Et ces ſoins, ces detours que demande l'amour,
S'ils ſeruēt en ces lieux, ce n'eſt que pour vn iour,
Quelle douceur pour moy, de voir vne Bergere
Se rendre au meſme inſtant, que ie tache à luy
    plaire,
Et ioignant le reſpect à ſa ſimplicité,
Me laiſſer vn champ libre à ma temerité.

D. LOPE.

Mais l'amour veut pourtant vn peu de reſiſtance,

D. IVAN.

Mais l'amour eſt tout pur parmy cette innocence,

D. LOPE.

La fierté, Dom Iuán, augmente le deſir,
Et qui la peut dompter en a plus de plaiſir,

F

Il est charmant de vaincre vne beauté seuere.
D. IVAN.
Mais cette resistance est souuent vn mystere :
Sous le masque trompeur d'vne adroite fierté,
On cache les deffauts de la fragilité,
L'amour à ces froideurs augmente son estime,
Et plus l'amour est grand, moins il connoist le
      crime.
Vous connoissez Philis, elle est de cette humeur,
Elle affecte tousiours vne grande pudeur,
Au moindre mot d'amour, cette prude tempeste;
Mais si-tost qu'auec elle on vient au teste à teste,
Ce farouche dehors est bien-tost adoucy.
D. LOPE.
Mais faueur pour faueur ie l'aime mieux ainsi.
D. IVAN.
Moy, Dom Lope, mon goust n'est pas conforme
      au vostre,
Quel charme trouuez vous aux conquestes d'vn
      autre ?
Les restes en amour ont tousiours peu d'appas,
Et l'on doit les laisser à de moins delicat.
D. LOPE.
Ie veux que vous trouuiez ici quelque auantage,
Et que l'honneur soit ioint aux attraits du visage;
Mais quel plaisir a-t'on d'aimer vne beauté,
Dont l'éclat est terny par la stupidité ?
Peut-on trouuer du goust à cherir vne Idole,
Sans aucun enjouëment, sans esprit, sans parole?
Et qui respondant mesme à vos empressemens,
Ne sçauroit exprimer quels sont ses sentimens ?
L'amour n'a rien de doux, dans l'ardeur qu'il ins-
      pire,
Si la bouche, Dom Iuan, ne prend soin de la dire;

C'eſt peu que des ſouſpirs, s'ils ne ſont animé :
Mais quand d'vn feu pareil deux cœurs ſont en-
    flammez,
Et que l'eſprit ſeconde vne tendreſſe extréme,
Il n'eſt rien à l'égal de ce bonheur ſupréme.

D. IVAN.

Oüy, ie ſçais que l'eſprit a de puiſſans appas,
Et qu'en vn lieu champeſtre on n'en rencôtre pas :
Mais auſſi la pluſpart de nos ſpirituelles,
Dom Lope, ont le malheur de n'eſtre pas fort
    belles ;
Et quand on leur verroit l'eſprit, & la beauté,
Eſtimez vous beaucoup leur ſotte vanité ?
Ces affectations d'vn ſçauoir admirable,
Dont par des longs diſcours ſans ceſſe on nous
    accable ?
Tous ces rafinemens en matiere d'amour ?
Teſmoin Daphné qui veut , quand on luy fait la
    Cour,
Que l'Amant qui la ſert , s'il luy rend vn ſeruice,
Ait touſiours pour ſes feux vn exemple propice,
Et prouue par Romans, que pour meſme action,
Vn Amant autrefois eut ſatisfaction.
Mais qu'en dit Dom Felix ?

D. FELIX.

            Ie ſuis pour l'vn & l'autre,
Et tiens ſon ſentiment, auſſi bon que le voſtre.
En matiere d'amour point de reflexion,
Donnons-nous tous entiers à noſtre paſſion,
Et ſoit qu'vne beauté, ſoit facile, ou ſeuere,
Spirituelle , ou non , il faut ſe ſatisfaire :
C'eſt ce que nous deuons tous les trois obſeruer.

F ij

SCENE III.

CARRILLE, D. IVAN, D. LOPE, D. FELIX.

CARRILLE.

Voila le souper prest.

On sert à souper, & au fond
de la chambre il paroist vn
buffet magnifique.

D. IVAN

Qu'on nous donne à lauer.

Vn valet donne à lauer, &
Carrille presente la seruiette.

CARRILLE *fleurant les viandes.*

Ah, que de tous ces mets l'odeur est agreable !
Si ie pouuois…

D. FELIX *apres qu'ils sont tous à table.*

Ma foy ce souper est passable.

D. IVAN.

Ce ragoust est friand.

D. LOPE.

Et ce dindon aussi.

CARRILLE.

Quoy ie demeureray les bras croisez icy ?
Non, non, songeons à nous, quelque sot qui s'ou-
blie.   *Il prend de la viande,*
& mange goulument.

D. LOPE *preſentant à D.Iuan &*
à D. Felix vn morceau.

Ah, l'excellent morceau ? gouſtez-en ie vous prie.

D. IVAN.

Il n'eſt rien de meilleur.

D. FELIX.

C'eſt vn manger de Roy,
Et l'on ne peut pas mieux eſtre traitté chez ſoy.

D. IVAN.

Du vin, Carrille.

CARRILLE *la bouche pleine.*

C'a.

D. IVAN.

Quoy, n'as-tu point de honte ?
Tu t'etrangles !

CARRILLE.

Chacun doit faire icy ſon conte,
Si ie n'y prenois garde, il ne reſteroit rien ;
Mais i'en prens par auance, & crois faire fort bié.

Apres que Carrille luy a donné à
boire, & que les deux Laquais en
ont donné aux deux autres.

D. IVAN.

Mets-toy là.

CARRILLE *ſe mettant à table, où il*
mange goulument.

Volontiers.

D. IVAN.

Mais voyez comme il mange !

CARRILLE.

Quand on a de la faim, eſt-ce vne choſe eſtrange ?

D. LOPE,

Tu creueras.

CARRILLE.
Point, point, ie sçais ce qu'il me faut,
D. IVAN.
Te deffendras-tu mieux que tu n'as fait tantost ?

CARRILLE *mangeant toufiours.*
Oüy, oüy, Monfieur, oüy, oüy.

D. IVAN.
                    Tu promets tout à table,
Mais dans l'occafion …
CARRILLE.
                    Ma foy, c'eft là le diable.
D. FELIX.
Mais quoy, tu ne bois point ?
CARRILLE.
                    Chaque chofe à fon temps.
A boire. Il faut toufiours faire les fondemens.
A boire.

D. IVAN.
Bon, Carrille !
CARRILLE.
                    Il faut bien vous en croire.

A boire.

D. LOPE.
Bon courage.
CARRILLE.
                    A boire, à boire, à boire.
D. FELIX.
Fort bien.

CARRILLE.
A boire, à boire.
D. IVAN.
                    Hé, tu n'és pas laffé ?

CARRILLE *demandant à boire.*
Moy Monsieur, point du tout, ie n'ay pas com-
mencé.

À boire.

D. FELIX.
Quel buueur, il creuera sans doute.
CARRILLE.

À boire.

D. IVAN.
C'est assez.
CARRILLE.

Seulement vne goutte.
D. IVAN.
on frape.
Tu n'est pas satisfait. Mais on frape, va voir.
CARRILLE.
on frape.
Qu'il attende.

D. IVAN.
Coquin, feras-tu ton deuoir?
CARRILLE *se leuant de la table, &*
on frape.   *prenant vne chandelle.*
Hé que diable, i'y vais. Qui frape de la sorte?
La peste, ce frapeur n'y va pas de main morte.

Il va à la porte, & apperceuant
l'Ombre, il reuient tout effrayé,
& fait des signes de la main &
de la teste que c'est l'Ombre.
Ah, Monsieur, là, là, là...
D. IVAN.
Qu'as-tu donc?
CARRILLE.

Là, là, là.

D. IVAN.

Que veux-tu dire ? parle.

CARRILLE *baissant la teste.*

Eh !

D. IVAN.

Qu'est-ce que cela ?

T'expliqueras-tu donc ?

CARRILLE *baissant la teste.*

Hé !

D. IVAN *allant à la porte auec vn
flambeau.*

Quelle extrauagance !

Mais voyons ce que c'est. Ah, ah, c'est l'Ombre,
auance.

D. FELIX.

L'Ombre !

D. IVAN.

Oüy, l'Ombre !

D. LOPE *se leuant & prenant
vn flambeau.*

L'Ombre ! allons la receuoir.

CARRILLE.

Que ne suis-je bien loin ?

D. FELIX *se leuant & prenant vn
flambeau.*

La chose est rare à voir.

SCENE IV.

D. IVAN, D. LOPE, D. FELIX, CARRILLE, L'OMBRE.

D. IVAN apres qu'l'Ombre est sur son siege, & qu'ils se sont remis à table hors Carrille, qui est à vn bout du Theatre.

Ombre, tu viens à temps, pour faire bonne
    chere,
Et si tu veux manger tu peux te satisfaire.
Gouste de ce morceau : quoy que tu ne manges
    pas ?

L'OMBRE.

Ie ne viens point icy pour y faire vn repas,
Ces soustiens infinis de la terre, & de l'onde,
Dont le pouuoir tira d'vn rien l'estre du monde,
Ces Moteurs Eternels du corps de l'Vniuers,
L'amour de tous les Bons, & l'effroy des Prieres,
Les Dieux, iustes censeurs de chaque creature,
M'ont permis d'animer cette froide figure,
Et ie viens par leur ordre, apprendre icy de toy,
Si tu veux persister dans ton manque de foy.
Tes crimes sont si grands qu'on fremit à les dire,
Le Ciel veut vn remords : parle, y veux-tu sou-
    scrire ?

D. IVAN *riant.*

Que viens-tu nous conter ?

D. FELIX.
                    L'agreable entretien!
L'OMBRE.
Et vous , ſes chers amis, qui n'apprehendez rien;
Vous, dont il a ſuiuy les damnables maximes,
Craignez les chaſtimens, qui ſont deûs à vos cri-
        mes ;
Et par vn repentir reparant vos forfaits,
Meritez vn bonheur , qui ne finit iamais ;
Voyez qu'eſtre icy bas, ce n'eſt rien qu'vn paſſage,
Où ſelon qu'on y vit l'homme a de l'auantage...
D. IVAN.
Tu ne viens donc icy qu'à deſſein d'y preſcher?
Va, va,tu pers ton temps à vouloir nous toucher,
Laiſſe-là tes aduis , & parlons d'autre choſe.
L'OMBRE.
Songez, ſongez au choix,qu'icy ie vous propoſe,
Changez tous trois de vie, & redoutez les Dieux.
D. FELIX.
Quoy,rebattre touſiours ces diſcours ennuyeux!
Pourquoy tant cenſurer noſtre façon de viure?
La Nature a marqué le chemin qu'on doit ſuiure,
Elle ſeule a formé les plaiſirs de nos ſens,
Et c'eſt ſa faute enfin, s'ils ne ſont innocens.
D. LOPE.
Quoy ! ie me priuerois des douceurs de la vie !
Non, n'eſpere iamais que i'aye cette ennuie,
La jeuneſſe eſt vn fruit qui ne ſe garde pas,
Et l'on doit, ſans remords, iouyr de ſes appas,
Se ſeruir du preſent, & ſans tant nous contrain-
        dre
Pour l'auenir...
L'OMBRE.
Et c'eſt ce que vous deuez craindre,

D. IVAN.

Qui doit nous faire peur? le Ciel & son couroux,
De ce rare pouuoir il est bien peu jaloux ;
Et si nos actions luy paraissent des crimes,
Pourquoy de sa fureur n'estre pas les victimes ?
Pourquoy ne pas troubler le cours de nos pro-
    jets ?
Il tarde trop long-temps à punir nos forfaits.
Non, non, ces chastimés sont de vaines chimeres,
Dont l'homme resolu ne s'épouuante gueres,
Et ce qu'il souffre en nous, fait connaistre en tous
    lieux
La foiblesse de l'homme, & l'abus de tes Dieux.

L'OMBRE.

Impie ! ah, Dom Iuan, songe à te reconnaistre.

D. IVAN.

Non, non, il n'en sera que ce qu'il en doit estre.

D. FELIX.

Il faut te dire aussi quel est mon sentiment,
Iamais tu ne verras en moy de changement,
Et ie suis si content de ma façon de viure,
Que sans aucun remors, ie pretens la poursuiure.

D. LOPE.

Tu sçais desia le mien, rien ne me changera.
Et soit perte, ou bonheur, arriue qui pourra.

L'OMBRE.

Tremblez au nom des Dieux, & craignez leur
    puissance.
Ils m'ont remis le soin, de leur iuste vengeance,
Et le sort de tous trois se trouue en mon pouuoir.

D. FELIX.

Va, va, nous le croirons si tu nous le fais voir.

L'OMBRE.

Mal-heureux, songe à toy. Ie puis dés cette place.

D. FELIX *mettant l'épée à la main.*
Ah! c'eſt trop endurer qu'vne Ombre nous menace

D. LOPE *tirant auſſi la ſienne.*
Oüy,voyons s'il luy reſte encor quelque vigueur,
Et deliurons nos yeux de ce faſcheux cenſeur.

D. Iuan demande à boire, & ſes amis periſſans il
quitte ſon verre. Mais apres le mot que l'Om-
bre dit, Qu'en dis-tu, il boit.

L'OMBRE *les fait abyſmer aux deux*
bouts de la table où ils ſont, & Carrille
tombe à terre en meſme temps.
Ah, periſſez méchans, & luy ſeruez d'exemples,
Voila de ton deſtin vne preuue aſſez ample.
CARRILLE *tombant.*
Ie ſuis mort.
L'OMBRE,
Qu'en dis-tu?
D. IVAN.
          C'eſt vn coup du hazard.
L'OMBRE
Pour ton propre intereſt tu dois y prendre part,
D IVAN.
Va, ſi ie dois ſonger à la fin de leur vie,
Ce n'eſt que pour leur ſort,qui doit me faire enuie,
Mourir dans les plaiſirs eſt vn deſtin ſi doux,
Qu'à ne te rien celer,Ombre,i'en ſuis jaloux.
L'OMBRE.
Connois pluſtoſt nos Dieux,ce qu'ils ont fait pa-
raiſtre...
D. IVAN *riant.*
Bon. Carrille!
                              CARRILLE.

CARRILLE.
Monſieur.

D. IVAN.
Donne à boire à ton Maiſtre.

CARRILLE.
Diſpenſez-moy, Môſieur, d'approcher de l'Eſprit.

D. IVAN.
Que crains-tu donc?

CARRILLE.
A moins on ſeroit interdit,
Ce que ie viens de voir. . . .

D. IVAN.
Chanſons.

CARRILLE.
A voſtre dire,
Trouuez bon que d'icy, Monſieur, ie me retire.

D. IVAN.
Demeure, ie le veux, ou les coups de baſton. . .

CARRILLE *s'en allant tout doucement,*
N'importe, adroitement ſortons de la maiſon.

D. IVAN.
Où vas-tu?

CARRILLE *ſe retournant,*
Ie ne bouge.

D. IVAN.
Hé! ris.

CARRILLE.
Quelle auanture!
Qui peut rire à deux doigts prés de ſa ſepulture?

D. IVAN.
Mange.

CARRILLE.
Ie ne ſçaurois, i'ay perdu l'appetit.

G

D. IVAN.
Bois donc.

CARRILLE.
Ah , mon gosier, Monsieur, est trop petit,
D. IVAN.
Chante.

CARRILLE.
Vous mocquez-vous ? helas ! ma chanterelle
Est preste à se casser.
D. IVAN,
Danse.
CARRILLE.
Point de nouuelle,
Nous allons trop danser le branfle de la mort,
L'OMBRE.
Oüy, Dom Iuan, dans peu tu finiras ton sort.
CARRILLE.
Et ne seroit il point auffi pour moy prophete ?
D. IVAN.
Tu me suiuras par tout.
CARRILLE.
Bon , ma fortune est faite
Sans aller en Holande.
L'OMBRE.
Enfin que resous-tu,
Dom Iuan ?
D. IVAN.
De mourir , ainsi que i'ay vescu.
L'OMBRE.
Vn exemple pareil deuroit estre capable . . . .
D. IVAN.
Non, dans mes sentimens ie suis inébranlable,
Et ie verrois icy tout prest pour mon trépas,
Que malgré tes aduis ie ne changerois pas,

L'OMBRE.

C'eſt aſſez. Cependant leur juſtice offencée,
Te donne encor le temps de changer de penſée,
Et pour ſçauoir de moy , quel ſera ton deſtin,
Ie t'inuite à manger

D. IVAN.

Où ſera ce feſtin ?

L'OMBRE.

Sur mon tombeau.

D. IVAN.

Va , va , ie m'y rendray ſans fauté.

CARRILLE.

Pour moy , ie ne veux point manger chez vn tel
　　hoſte ;
Que promettez-vous-là ?

D. IVAN.

Vous tairez-vous , maraut.

L'OMBRE.

Améne ce valet.

CARRILLE.

Voila ce qu'il me faut ;
Non, s'il vous plaiſt, ie ieûne, & ie n'ay point d'en-
　　uie
D'aller auec vn fou riſquer ainſi ma vie.

D. IVAN.

Carrille, que dis-tu d'vn tel euenement ?

CARRILLE.

Que vous extrauaguez, à parler franchement.
Car n'eſt-ce pas folie à nulle autre ſeconde,
De chercher des möyens d'aller en l'autre monde,
Quelle neceſſité de promettre aujourd'huy
De reuoir cét Eſprit , & manger auec luy ?
Par vn exemple affreux inſtruit de ſa puiſſance,
Iuſques ſur ſon tombeau défier ſa vengeance ?

G ij

C'est bien chercher sa perte auec empreſſement.
D. IVAN.
Ma parole…
CARRILLE.
Eh, Mort bleu, manquez-en hardiment,
Sur cét article-là ne ſoyez point ſevere.
D. IVAN.
Puis que ie l'ay donnée il y faut ſatisfaire.
CARRILLE.
Songez-y meurement, c'eſt beaucoup hazarder,
Ce que vous auez vêu doit vous intimider,
La mort de vos amis eſt d'vn mauuais preſage,
Ils viuoient comme vous dans le libertinage,
Craignez-vn meſme ſort.
D. IVAN.
Ne t'inquiete pas,
Suffit que ie veux voir quel ſera ce repas.

Fin du quatriéme Acte.

ACTE V.

SCENE PREMIERE.

THOMAS, D. IVAN,
ROLLIN, AMARILLE.

THOMAS.

ON enleue ma fille ; ah ! courons apres elle.

D. IVAN *emmenant Amarille.*

Hé! que pensez-vous faire, allons, marchez
la belle.

THOMAS.

Donnons, Rollin, donnons.

ROLLIN.

Oüy da, ie le veux bien,

D. IVAN.

Comment, vous oseriez.

ROLLIN.

Non, nous n'en ferons rien,

THOMAS.

Dans cette occasion tu manques de courage,
Laisser prendre ta femme! & n'oser...

ROLLIN.

I'en enrage,

G iij

Ie voudrois la fauuer, mais ie crains pour moi
　　dos.

THOMAS.

Mourons pour empefcher...

ROLLIN.

Ne foyons pas fi fots,
Vous fçauez ce qu'en dit fon valet.

THOMAS.

Ah, ma fille,
Quel affront aujourd'huy receuta ta famille!
Quel gendre ay-je choify! mais deuffay-je y perir,
C'eft vn point refolu, ie veux te fecourir.

ROLLIN.

Arreftez, j'apperçois le valet de ce traiftre,
Abordons-le, & fçachôs où peut eftre fon Maiftre,
Et prenans des Archers, que i'ay veus dãs ce lieu,
Nous faifirons l'infame, & nous verrons beau jeu.

SCENE II.

CARRILLE, ROLLIN, THOMAS.

CARRILLE.

CHercheray-je long temps fans rencontrer
　　mon Maiftre?
Qu'à-t'il pû deuenir? où diable peut-il eftre?
Si nous ne nous fauuons, ma foy nous sômes pris,
Et l'on nous donnera noftre dernier logis,
La prifon nous eft hoc, les Archers font en quefte,

Et fuiuant l'apparence on fait pour nous la fefte.
ROLLIN.
Traiftre, nous te tenons.
CARRILLE.
Que voulez-vous de moy,
Meffieurs ?
ROLLIN.
Ah, fcelerat !
CARRILLE.
Qu'eft-ce donc ?
THOMAS.
Coquin !
CARRILLE.
Quoy ?
ROLLIN.
Dis-nous, mais promptement, qu'eft deuenu fon
Maiftre ?
CARRILLE.
Que fçais-je moy !
ROLLIN.
Tu fçais en quels lieux il peut eftre,
Sus, mon beau-pere, il faut le mener en prifon,
Et quand il y fera, nous en aurons raifon.
CARRILLE,
En prifon !
ROLLIN.
En pri on.
CARRILLE.
Helas ! qu'a fait Carrille,
Meffieurs ?
THOMAS.
Ton Maiftre vient de m'enleuer ma fille,
ROLLIN,
Et ma femme de plus,

CARRILLE.

Est-ce ma faute à moy?
Tout crime est personnel, & chacun est pour soy,
Si mon Maistre a failly, faut-il que i'en patisse?

ROLLIN.

Point de raisonnemens, menons-le à Iustice,
Nous apprendrons du moins ce qu'il est deuenu,
Et complice du mal...

CARRILLE.

Quoy!

ROLLIN.

Tu seras pendu.

CARRILLE.

Pendu! Messieurs, helas! la chose est trop cruelle,
Encor si i'auois eu des faueurs de la belle,
Ie me consolerois dans mon sort mal-heureux:
Mais sans auoir rien pris, faire vn saut perilleux,
Ah!

ROLLIN.

Allons.

CARRILLE.

Hé, Messieurs!

ROLLIN.

Quoy! tu fais resistance?

CARRILLE *apperceuant son Maistre*

Ah, Monsieur, au secours.

SCENE III.

D. IVAN, ROLLIN, THOMAS, CARRILLE.

D. IVAN.

Q Velle est cette insolence ?
Attaquer mon valet.

ROLLIN.

Beau-pere, sauuons nous.

CARRILLE *courant apres.*

Ah, ah, coquins. Ma foy i'estois perdu sans vous,
L'on alloit me coffrer.

D. IVAN.

Et pourquoy donc, Carrille?

CARRILLE.

L'on me faisoit garend de l'honneur d'vne fille,
Que vous auez dit-on ... là ... vous m'entendez
    bien.

D. IVAN.

Sottise.

CARRILLE.

Bon pour vous, qui n'apprehendez rien ;
Mais si i'eusse esté pris, certaine capriolle,
M'auroit pour mon malheur fait perdre la parole,
Cependant sçauez-vous qu'il faut partir d'icy,
Que les Archers y sont.

D. IVAN.

I'en ay peu de soucy,

CARRILLE.
Vous deuez y songer,&.. mais quelqu'vn s'auã

SCENE IV.

AMARILLE, D. IVAN, CARRILLE.

AMARILLE.

AH, donne-moy la mort apres ta violence,
Perfide.

D. IVAN.
Que veux-tu ? ie ne te connois pas,
CARRILLE.
Est-ce celle, Monsieur, dont l'honneur est à bas
Pour qui l'on me vouloit gister.

D. IVAN *bas à Carrille.*
Oüy.
AMARILLE.
Comment, traistre,
Apres vn tel affront tu m'oses méconnaistre.
D. IVAN.
Quel affront ? qu'ay-je fait ?
AMARILLE.
Ah ! peux-tu l'ignorer,
Et sans honte à tes yeux puis-je le declarer ?
Ne te souuient-il plus ? helas !
D. IVAN.
Tu me fais rire,

CARRILLE.
n'a poinc de memoire, & vous deuez luy dire,
Qu'eſt-ce qu'il vous a fait ?

AMARILLE.
Il m'a rauy l'honneur,

CARRILLE.
l'honneur!

AMARILLE.
Oüy.

CARRILLE.
L'honneur ?

AMARILLE.
Oüy.

CARRILLE.
C'eſt là ce grand malheur,
là , là , conſolez vous.

AMARILLE.
Quoy ? que ie me conſole,

CARRILLE.
Que pretendez-vous donc ?

D. IVAN.
Va, va, c'eſt vne folle.

AMARILLE.
Pouſſe plus loin tôn crime , & ne m'épargne pas,
Et pour finir mes maux donne moy le trépas.

CARRILLE.
Pour ſi peu de ſujet vouloir ceſſer de viure !
Ce deſſein, croyez-moy, n'eſt point du tout à ſui-
ure,
Quoy qu'auec violence, il vous ait pris l'honneur,
La force ne fait point de tache à la pudeur,
Et voſtre honeſteté n'en ſera point perduë.
Si de voſtre bon gré vous vous eſtiez renduë,
Et qu'vn conſentement. ..

D. IVAN.

Allons, Carrille, allons,
Et ne t'amuſes point à ces reflexions.

CARRILLE.

Croyez ce que ie dis.

AMARILLE.

Ah ! deplorable fille,
Comment te preſenter encor à ta famille ?
L'affront, que tu luy fais, ſe peut-il reparer ?
Mais apres ce malheur que puis-je que pleurer ?
Pleurõs-dõc, & noyons dãs vn torrent de larmes,
La ſource de mes maux, ces deteſtables charmes,
Et par des veux ardens ſollicitons les Dieux,
De punir les forſaits de ce monſtre odieux.

SCENE V.

D. IVAN, CARRILLE.

CARRILLE.

Voſtre façon de viure à tous momens m'é-
tonne.

D. IVAN.

Pourquoy s'en eſtonner ? elle eſt douce, elle eſt
bonne,
Et qui veut comme moy ſe diuertir icy,
Sans rien examiner doit en vſer ainſi.

CARRILLE.

La methode en eſt belle, & digne qu'on l'admire,

D. IVAN.

Sans doute, & l'on ne peut y trouuer à redire.

CARRILLE

CARRILLE.

Vous contez donc pour rien ces detestables tours,
Dont le sexe est par vous abusé tous les iours ?
Aux vnes ; il est vray, ie vous aimay , Madame,
Mais mon cœur à present n'a plus pour vous de
    flâme.
Aux autres , de l'argent peut reparer l'honneur,
Et vous pourrez trouuer quelque party meilleur.
Aux vnes, sans rien dire , & suiuant son caprice,
Surprendre leur honneur par vn lâche artifice.
Aux autres , que veux-tu ? ie ne te connois pas,
Et n'ay iamais senty d'ardeur pour tes appas.
Ce sont là les beaux coups de vostre Seigneurie;
Comment doit-on nómer tout cela ie vous prie ?

D. IVAN.

Vn plaisir sans pareil.

CARRILLE.

Ou plustost le moyen,
Si vous continuez, de faire vn saut sur rien.

D. IVAN.

I'impute ce discours à ton zele sincere,
Et veux bien pour ce coup retenir ma colere :
Mais sçache que i'ay bien encor d'autres desseins,
Où me suiuant tu peut esperer de grands gains.

CARRILLE.

De grands gains ! à ce prix i'ay peine à m'en def-
    fendre,
Par quels moyens encor puis-je...

D. IVAN.

Tu vas l'apprendre.

Ie veux voler.

CARRILLE.

Plaist-il ? c'est là ce grand dessein,
Seruiteur à la corde , & tréve à tant de gain.

H

Si le defir vous tient, paſſez-en voſtre enuie,
I'aime mieux n'auoir rien le reſte de ma vie.
Comment diable, voler ! quel damnable defir.

D. IVAN.

Oüy, dés demain , ie veux voler pour mon plaiſir,
Ie m'en fais dans mon ame vn charme inconceua-
    ble,
Et dans la vie, il faut eſtre de tout capable.

CARRILLE.

Ah, quel homme !

D. IVAN.

       Auſſi bien dans vne extremité,
C'eſt vn remede prompt pour la neceſſité,
Il ne faut pas grand temps pour vuider noſtre
    bourſe,
Mes biens eſtans ſaiſis, quelle eſt noſtre reſſource
Mais allons voir noſtre Ombre.

CARRILLE.

       Et vous voulez aller
Voir l'Ombre ?

D. IVAN.

      On a promis de nous y regaler,

CARRILLE.

Mais à moins que cháger vôtre perte eſt certaine,
L Ombre vous a predit…

D. IVAN.

       C'eſt là ce qui te gehenne,
Hé bien, quand d'y mourir ie courrerois hazard,
C'eſt faire vn peu pluſtoſt, ce qu'ō feroit plus tard,
Puis que c'eſt vn tribut que la Nature impoſe,
Le trépas en tout temps eſt touſiours meſme
    choſe,
Ce paſſage ſe doit regarder ſans effroy,
Et n'offre rien d'affreux à des gens comme moy,

CARRILLE.

Ma foy, Monſieur, pourtant alors qu'on enuiſage,
Qu'il faut mourir, on tremble.

D. IVAN.

Oüy les gens ſans courage :
Mais aux cœurs dégagez de la timidité,
La mort n'a rien d'eſtrange en ſa neceſſité.
Elle n'en vient pas moins, Carrille, pour la crain-
dre,
Ainſi ſur ce départ, pourquoy donc ſe côtraindre?
Ce terme doit s'attendre, &s il a quelque horreur,
C'eſt l'accroiſtre touſiours, qu'entretenir la peur.
Mille fameux guerriers en expoſant leur vie,
Craignent-ils aux combats de ſe la voir rauie ?
Et ſi l'on y faiſoit tant de reflexions,
Verroit-on mettre au iour cent belles actions ?
Non, ſans s'inquieter, ſi noſtre deſtinée
Dans les plus grands perils peut eſtre terminée,
Entrez dans la carriere, allons iuſques au bout,
Et laiſſant faire au ſort affrontons touſiours tout.

CARRILLE.

Pour moy ie ne veux point ſuiure cette maxime,
La vie a des douceurs pour qui i'ay de l'eſtime,
Quoy, qu'il faille mourir, le plus tard vaut le
mieux.

D. IVAN.

O le plus grand poltron, qui ſoit deſſous les
Cieux?

CARRILLE.

Ie ne ſuis pas, Monſieur, ſeul de cette nature,
Tréve à tant de brauoure, & faiſons feu qui dure.

D. IVAN.

Quoy, tu ne viendras point voir l'Ombre auecque moy ?

H ij

CARRILLE.

Non, s'il vous plaift, Monfieur.

D. IVAN.

Mais i'ay befoin de toy.

CARRILLE.

A cela prés, Monfieur, ie fuis preft à tout faire.

D. IVAN.

Mais quoy, pour me feruir n'eft-tu pas neceffaire.

CARRILLE *s'en allant,*

Les morts vous feruiront.

D. IVAN *l'arreftant par le bras.*

Et tu crois t'efquiuer,
Tu me fu iuras par tout, quoy qu'il puiffe arriuer.

CARRILLE *à genoux.*

Quittez, Monfieur, quittez cette maudite enuie,
Cette temerité vous couftera la vie.

D. IVAN.

Non, non, ie l'ay promis, & ie pretens le voir.

CARRILLE.

Auez-vous de la faim, ie n'en fçaurois auoir.

D. IVAN.

Pourquoy non, le repas que l'Ombre nous prepare,
Nous doit eftre à tous deux quelque chofe de
rare.

CARRILLE.

Coure, qui le voudra pour cette nouueauté,
Car ie ne vois pas lieu d'en eftre trop tenté,
Seruiteur.

D. IVAN.

Suy moy donc, ou bien toft ma colere
Va...

CARRILLE.
Voſtre teſtament, quand voulez-vous le faire?
Et mes gages, Monſieur, quand les pourray-je
auoir?
Le cœur me dit qu'ils ſont perdus pour moy ce
ſoir.
Où ſera mon recours, ſi vous allez au diable?
Payez-les ſans ſouffrir que ie ſois miſerable.

D. IVAN.
Tu ſçais bien où les prendre, & n'ay-je pas dit
bien?

CARRILLE.
Ah, quand vn homme eſt mort, on dit qu'il n'a-
uoit rien.

SCENE VI.

DEVX VOIX *aux deux coſtez du*
Theatre. CARRILLE,
D. IVAN.

PREMIERE VOIX.
Dom Iuan!

D. IVAN.
Quelle voix?

SECONDE VOIX.
Dom Iuan!

D. IVAN.
Qui m'appelle?

CARRILLE.
L'Ombre vient vous querir, allez viſte apres elle.

H iij

PREMIERE VOIX.

Dom Iuan, ton heure s'approche,
C'eſt moy qui t'en viens aduertir,
Laiſſe toucher d'vn repentir,
Ton cœur auſſi dur qu'vne roche.
Tremble, ou la Iuſtice des Dieux,
Va te foudroyer en ces lieux.

CARRILLE.

Auec voſtre eſprit fort, voyez où vous en eſtes,
Tout ce qne ie diſois n eſtoit que des ſornettes :
Vous voyez cependant quelle prediction . . .

D. IVAN.

Rien ne m'eſtonne encor en cette occaſion.

CARRILLE.

On trébleroit à moins, & ſi vous vouliez croire . . .

D. IVAN.

Ie n'en démordray point, il y va de ma gloire ;
En quoy ſuis-je donc tant neceſſaire à ces Dieux,
Q toy ! qui que tu ſois, qui me preſches pour eux,
Ne t'imagine pas que ie change de vie.

SECONDE VOIX.

De tourmens infinis tu la verras ſuiuie.

D. IVAN.

Autre donneur d'aduis.

SECONDE VOIX.

　　　Ah, Dom Iuan, tu te perds,
Pour auoir pratiqué tant de noires maximes,
　　Nous ſouffrons des tourmens diuers,
　　Meſme peine eſt deuë à tes crimes,
Et ta fin doit ſeruir d'exemple à l'Vniuers.

D. IVAN.

Sont-ce nos deux amis qui parlent de la ſorte,
Ie les ay veus perir, Dieux !

PREMIÉRE VOIX.

　　　　Leur puiſſance eſt forte,
Les nommant tu les crois.

D. IVAN.

　　　　C'eſt façon de parler,
Et pour de tels diſcours, ie ne dois point trembler.

CARRILLE.

Quoy, malgré ces aduis de tres-méchant augure,
Vous allez défier l'Ombre à ſa ſepulture,
Fuyons pluſtoſt, Monſieur.

D. IVAN.

　　　　Non, non, nous y voicy.

Le tombeau paraiſt comme au
troiſieſme acte.

SCENE DERNIERE.

L'OMBRE, CARRILLE, D. IVAN.

CARRILLE.

AH! que pour mon profit ne ſuis-je loin d'i-
　　cy!

L'OMBRE.

Dom Iuan, ſonge à toy, tu vas ceſſer de viure,
Si tu ne veux tenir le chemin qu'on doit ſuiure.

D. IVAN.

Eſt-ce là le repas que tu veux me donner?
Et par ces vaines peurs pretens-tu m'eſtonner?

Ne t'auois-je pas dit quelle estoit ma pensée?
Quoy! de ton souuenir seroit elle effacée?
Faut il te repeter, qu'vn cœur commele mien,
S'affranchit des remords, & ne redoute rien?
L'OMBRE.
Non, mais ces mesmes Dieux, que ta fureur of-
fence,
Toûjours vers les mortels panchent à la clemēce,
Le delay de ta perte augmentoit leurs bontez,
Ils vouloient vn remords pour tes impietez,
Et c'estoit pour sçauoir qu'elle estoit ton enuie,
Que insqu'à ce moment ils t'ont laissé la vie,
Voila, pour quel sujet ie t'auois inuité.
Declare promptement, qu'elle est ta volonté?
D. IVAN.
Ombre, tu pers ton temps à des discours friuoles,
Tu crois toucher mon cœur, ie ris de tes paroles,
Et pour te détourner d'y pretendre plus rien,
Apprens mon sentiment, mais escoute-moy bien,
Car la redite icy ne m'est pas necessaire;
Ie n'ay rien fait encor, que ie ne veüille faire,
Ie fus ton assassin, & si l'occasion
Faisoit naistre à ce prix ma satisfaction,
Ie remplirois d'horreur, & de deüil ta famille,
Et ferois perir tout pour ioüyr de ta fille.
Les forfaits les plus noirs ont des charmes pour
moy;
Et loin que tes aduis me donnent de l'effroy,
Ie pretens dés demain, dans l'ardeur qui m'anime,
Entasser mort sur mort, & crime sur le crime,
Oüy, malgré tes aduis....
L'OMBRE.
Redoute mon pouuoir,

D. IVAN.

Va, va, ie n'en croy rien si tu ne le fais voir.

CARRILLE.

Taisez-vous, méchant homme, ou souffrez que ie
sorte.

L'OMBRE.

Ah! cesse, Dom Iuan, la fureur qui t'emporte,
Repens-toy, repens-toy.

D. IVAN.

Qui, moy, me repentir?
Quand la terre sous moy fondroit pour m'en-
gloutir,
Que chaque pas seroit vn principe, vn gouffre,
Qu'il pleuueroit sur moy de la flâme&du soulfre,
Mon cœur ferme &côstant, ne pourroit s'ébrâler,
Et ie sçaurois mourir plustost que d'en parler;
Et pour te faire voir, qu'on ne peut m'y resoudre,
Tonne quâd il voudra, i'attens le coup de foudre.

L'OMBRE.

Va méchant, expier tes crimes dans les fers,
Et connaistre les Dieux par l'horreur des Enfers.

On entend vn coup de tonnerre qui fait
abysmer D. Iuan, & le Theatre pa-
raist en feu.

CARRILLE *à genoux.*

Madame l'Ombre, helas! faites payer mes gages.
Voila qu'elle est la fin de ces grands personnages,
Libertins comme luy, qui n'apprehendez rien,
Aptes vn tel exemple; helas! pensez-y-bien.

FIN.

Milton Keynes UK
Ingram Content Group UK Ltd.
UKHW022119270224
438561UK00007B/951